安塞县文艺创作基金项目

山丹丹文丛（第一辑）

U0609053

感悟风景

安慰身心，遗失了多少路边风景；放慢
脚步找回不一样的自己。

李泽斌 著

陕西新华出版传媒集团

三 秦 出 版 社

图书在版编目（CIP）数据

感悟风景／李泽斌著. — 西安：三秦出版社，
2016.3
（山丹丹文丛）
ISBN 978 - 7 - 5518 - 1235 - 1

Ⅰ. ①感… Ⅱ. ①李… Ⅲ. ①散文集 – 中国 – 当代
Ⅳ. ①I 267

中国版本图书馆 CIP 数据核字（2016）第 034720 号

感悟风景

李泽斌　著

出版发行	陕西新华出版传媒集团　三秦出版社
社　　址	西安北大街 147 号
电　　话	（029）87205121
邮政编码	710003
印　　刷	三河市嵩川印刷有限公司
开　　本	889mm×1194mm　1/32
印　　张	7.25
字　　数	168 千字
版　　次	2016 年 3 月第 1 版
	2021 年 7 月第 2 次印刷
标准书号	ISBN 978 - 7 - 5518 - 1235 - 1
定　　价	32.00 元
网　　址	http://www.sqcbs.cn

还是应该歌颂生活

——自序

亲爱的朋友,我所说的感悟风景,其实就是感悟人生的风景。人生就是一趟旅行,沿途风光无限。在这趟没有返程的旅行中,如果能够做到宜快则快,当慢则慢,该停则停,能行则行,边走边歌,边歌边走,也就不枉此行了!

人生在世几十年,从出生到童年,从少年到青年,从中年到老年,每一个阶段都有每一个阶段的思维和行为特征,每一个阶段都有每一个阶段所面临的问题和矛盾,包括喜怒哀乐,包括困难和烦恼。这些不同年龄阶段的思维和行为特征,不以人的意志为转移,不管你高兴还是不高兴,也不管你接受还是不接受,它都会像一段人生风景一样客观地呈现出来,而且是按照年龄段有序排列,不能重复,不能颠倒。没有哪个新生婴儿欢声笑语地从母体里走将出来,也没有哪个白头老翁摇身一变开始咿呀学语蹒跚学步。人生风景,错过了就错过了,错过了后悔也来不及了,人生不可重来。

我经常想做一个有心的人和用心的人,去认真地感悟人生风景,边感边悟,有感有悟,从而,使自己迈开矫健的双腿,去丈量人生的长度;张开有力的双臂,去拥抱人生的厚度;跃起强壮的身躯,去触摸人生的高度。我是一个想法多行动少的人,往往是有感觉没感悟,有感悟没总结。以至于年复一年地虚度光阴。

一个懒字,误了多少天下美事,害了人间多少才俊。可见,行动起来,是多么地必要和重要。最近,网上流行一篇励志文章,题目是:不读书不吃苦,你要青春干嘛?这是一位校长对青年学生的讲话。校长说不怕苦,苦一阵子;怕吃苦,苦一辈子。我为这位校长点赞!因为我觉得:读书、吃苦、下苦功夫、一脚油门踩到底,向着更高更远处狂奔,这应该是青年时期的一道风景,枉费了多可惜!

二○○七年底,我出版了第一本散文集《白鸽向着太阳飞》。那是我对四十岁以前的一个回眸和敬礼。那时候,我才四十岁出头,精力、体力、智力以及工作状态都开始进入了人生的最佳期。就像海面上的一条小船,满帆兜风,顺风顺水。就像一辆磨合出来的汽车,一脚油门踩到底,向前飞奔。就像是天上的太阳,正处在上午的九十点钟,光华无限。阻力算什么?困难算什么?挫折算什么?障碍算什么?统统都不在话下。在一个风雨交加的晚上,我站在澳大利亚布里斯班黄金海岸的大海边上,面朝漆黑的大海咆哮:让暴风雨来得更猛烈些吧!这就是十年前的我。我这个人,说好听点是性格倔强,说不好听点是固执,说难听点就是拗,拗死理,不善沟通,又固执己见。拗是一种不好的性格特征。有话好好说,才是为人处世之道。这个道理我早就懂了,所以十年前出了第一本小册子。五十岁已过的我正在努力地发生着改变,所以,又要出这本小册子。这是沟通交流的内心需要。

二○一二年,莫言凭借代表作《蛙》问鼎诺贝尔文学奖。容我孤陋寡闻,给我的感觉莫言是一夜成名。因为莫言获奖的第二天,我到大街上、到广场上去问莫言是谁?知道者寥寥。就是在我的文学圈里,真正关注和了解莫言的人也不多,只是偶尔有人能说出他是电影《红高粱》的作者。我对莫言很好奇，就到安塞街上唯一能称为书店的书店去购书，因为其他几家开在中小学门口的所谓书店，基本上只卖学习辅导资料，不能称其为书店。结果这家书店没有莫言的书。晚上七点，我又跑到延安市场沟市政府旁边，那里有一家很小的书店，大概只有几个平方米。在那里买到了三本莫言的书。老板说已经大量订货，过段时间书就全了。不久，我到西安出差，在东大街一家大书店里，终于买齐了莫言当时出版的小说、散文、评论等所有著作。在以后的一年多时间里，我几乎读完了莫言所有的书，白天没时间读就晚上读。星期天、节假日的空余时间基本上全都交给了莫言。有的是一读就放不下，有的是硬着头皮读。由于用眼过度，我的眼睛曾经两次出现问题。据我所知，莫言的魔幻现实主义叙事风格，多数人感到生涩难读。能完整地读完小说《蛙》的人也当属少数。但我是例外，莫言的书，我不仅读得津津有味，而且受到了莫言的启发和影响。莫言出过一本散文集，自序的标题是《猫头鹰的叫声》。猫头鹰的叫声也许是很难听的吧。那么，我发出的声音肯定比猫头鹰的叫声还要难听许多。但我还是要发出声音。我需要交流。

白驹过隙，一晃就是十年。我由四十出头，奔向五十开外。人生如果像一条抛物线的话，那么，这十年，无疑就是人生抛物线的最高处的一段。是人生的成熟期和黄金期。看得见来处，望得见去处，风光无限。然而，十年时间，我又能拿出什么样的人生感悟呢？就是这本小册子《感悟风景》。

安塞是个神奇的地方。不到二十万人口的安塞县，门口挂着五块金字招牌：中国腰鼓之乡、中国民歌之乡、中国剪纸之乡、中国民间绘画之乡、中国曲艺之乡。这在中国可能是绝无仅有的吧。一个人口小县，十多年来，先后走出了十多位星光大道选手，有的已经蜚声海内外，安塞风席卷全国，这在中国也可能是绝无仅有的吧。刘文西、靳之林、高建群等大批的画家和作家每年都要来安塞采风、写生和创作。安塞县是全国文化先进县，专门出台了文化项目扶持政策，文化事业风生水起。我的这本小册子就是安塞县二〇一五年"山丹丹文丛"第一辑的其中一本。如果没有这个机缘，这本小册子可能也不会现在面世。我深深地热爱安塞这方热土，我深深地热爱安塞这方人民。

编辑部催稿，我就把这些年发表过和没有发表过的作品，简单地罗列排序后，将电子版交到了出版社。不久，我的这本书的责任编辑就把第一校对稿和修改意见寄了回来。责任编辑认真负责、仔细严谨的工作态度令我尊敬。特别是修改意见，令我印象深刻。修改意见的第二条"书稿中的内容大致分为四类：一是安塞风光之盛，一是花鸟鱼虫之乐，一是伦理亲情之美，一是工作所见所思。建议依据文章内容划分章节，以便表达和阅读。"我是简单罗列排序的，但我的那点小心思，被编辑一眼看穿。看来，我是遇到了一位好编辑。

一本小册子，几篇破文章，实在是令人汗颜。这是写在前面的话，是为序。

2016 年 3 月 3 日

目 录

鼓舞安塞

我一次又一次地从那鼓的身边走过，围绕着它，注目着它，仰视着它。

我不知道它是不是这世界上最高最大的鼓、最灵最俏的鼓。它可不可以申请吉尼斯世界纪录呢？但我知道它是从宝塔山出发，逆延河而上三十公里处崛起的一个新的地标。它与宝塔遥相呼应，穿越千年时空。这难道是一个巧合？这难道是一次机遇？我叩问历史，叩问脚下这片热土。要知道名扬天下的延河，滋养了中国革命的延河，它的源头就在这片热土里。沿着延河往上蜿蜒五十公里，在山的尽头，在毛乌素沙漠的边沿，在那其貌不扬的芦子关下，滴滴清泉，那就是延河的源头。

那鼓一身的红妆，像是刚刚涂上去的余温尚在的鲜血，它的体内像是铆足了劲儿，生命的律动随时都准备嘭嘭作响。只有上下两个鼓沿泛着白色，像是用失去了生命的牛皮做成的。我的诗人朋友王骑虎写那鼓"牛/死了/才不停地喊/痛/痛痛痛/痛痛痛痛痛痛！"那是生命的轮回，那是另一种生存状态。那血红的颜色,那声声呐喊,分明在不屈不挠地昭示着希望和未来。那鼓面蒙在鼓身上沿,铆钉清晰可辨,上下两圈,像是两圈项链。那鼓身上共有六层每四个圆形为一组的菱形镂空剪纸图案。我觉得正是有了这种镂空的设计,它才有了立体感,有了质感,有了动感和美感。轻盈婀娜,随时可以挎在腰间。它坐落在墩山的一个平台上,从县城的任何一条街道任何一个方位只要一抬头都能看到它的身影,轻巧、灵动,亲切可爱。好像挎在腰间就可辗转腾挪,抡起一锤就会嘭嘭作响。它既像是一位妩媚的女子,又像是一位干练的战士。

早晨,它披着朝霞;傍晚,它映着余晖;晚上,在射灯的照耀下,红光四射,熠熠生辉。它俯视着万家灯火。

我知道它并没有发声,但每当在数公里以外看见它的时候,我的耳畔总是一次又一次地响起那震得山都在动、震得地都在颤、震得人的心都在疼,震得、震得人,热血沸腾的鼓声——"嘭嘭"。那鼓打进了亚运会,打过了天安门,"嘭嘭"地打出了国门,走向了世界。在一年一度已经举办了十三届的延安过大年大型文艺过街表演活动中,夺人眼球,振奋人心,人们翘首以盼的,毫无疑问都是那气吞山河、气势如虹的鼓神鼓韵。在陕北大地上,无论哪一场演出,腰鼓都是一道必上无疑的"扛硬菜"。

"表演"似乎成了它的唯一的使命。

但那叫作腰鼓的鼓,据说是一种战鼓。它的根是在陕北的不长一棵树木的沙山烽台边上,是在陕北没过脚面的黄土战场边,是在陕北通向关外的黄尘古道驿站疆场上。那鼓只有打在山上的沙梁上,打在那种寸草不长黄土飞扬、狼烟四起的蛮荒之地,才有那股能劲儿、那股蛮劲儿、那股狠劲儿,才有那种只能意会无法言传的味道,才有那种血脉膨胀、红头涨脸、临阵决斗的雄性、野性和那种冲关陷阵、攻城略地、夺人城池、豪气冲天的大丈夫、大英雄气概。

看，那舞起的红绸，无异于长城烽火。那是风、是火焰，是抛洒的血液，是张扬的斗志和不死的精神。红绸是无声的宣泄、无声的命令、无声的呐喊。像一面旗，风萧萧，旗猎猎。看到舞起的红绸，你就去拼、去杀、去狂、去上战场吧，别无选择。无须鼓声，让鼓声远去，只看那高扬的红绸舞动，足矣。听，那是黄河的波涛声，那是战士的呐喊声、厮杀声，那是战马的蹄声和嘶鸣声。像远处的风，呼啸而去，怎一个"狂"字了得。

战争的硝烟散尽之后，白狄、匈奴、党项、羌、鲜卑、突厥已经遁入历史，甚至像蒙恬、成吉思汗都没有留下一个清晰的背影。留下的只是沙山梁上若隐若现的长城和夕阳老树下一段一段的黄沙古道。他们的子孙留了下来。他们的子孙与汉族通商通婚，血脉融合，繁衍生息，共同成为这里的原住民。

这是一群英雄的人民，这是一群茂腾腾的人民。男人剽悍英武，女人柔媚俊俏，他们共同成为人中龙凤。昔日的战场上如今飘荡着民歌，放牧着牛羊。腰鼓从战场走进百姓生活，成了人们享受太平盛世、欢庆盛大节日的重要道具。

他们是大山的精灵，他们是溜地的黄风，他们是茂腾腾的五谷。他们热气腾腾地顺着山梁，以排山倒海之势滚了下来，铺天盖地，喊声震天。流苏红了你的眼，大地"嗵嗵"地激动了起来。平日里腼腆得像羔羊一般的一群后生，一旦挎上腰鼓，立即就像换了个人一般，成了天空的舞者、大地的蹈者。那种舍我其谁的王者之气，在腾挪舞蹈间表露得淋漓尽致。他们像一股烟、如一片火、似一股气，飘荡在山间大地上。老汉厚重、少年轻盈、小伙飘逸、姑娘浪气。他们狂放不羁到了一种近乎痴狂的地步，他们进入了一种享受的状态之中，黄尘中犹如神兵天降。他们从历史中走来，乘着时代的风，舞着蹈着犹如黄河的潮头。

好一个安塞腰鼓，你从历史走来，你逢盛世盛行；好一个安塞腰鼓，鼓舞安塞，鼓舞世界。

2014 年 12 月 10 日于枣园家中

朋友,你肯定知道安塞的腰鼓、安塞的民歌、安塞的剪纸、安塞的农民画。你不仅知道,你还可能会打、会唱、会剪、会画。但是,今天我要告诉你的,是你所不知道的安塞,一个有山有水,山清水秀,特色鲜明,值得你涉足,值得你留恋的安塞。不信?请跟我来。

我们脚下这片热土过去叫肤施、高奴、延州,现在叫延安,我们身旁流淌的这条河过去叫区水、去斤水、洧水、延水,现在叫延河。我们周围包括安塞县、宝塔区、延长县在内的七千七百二十五平方公里的山区是延河流域。我说没有延河流域,便没有延河,没有延河便没有延安,你肯定不会反对吧。可是你知道延河的源头在安塞吗?你知道延河最主要的五大支流除南川河、蟠龙川河在宝塔区外,其余三条都在安塞吗?一条是西川河,一条是杏子川河,另一条是平桥川河。每一条河上都有风光,每一条河上都有故事。今天我们不打黄土飞扬的腰鼓,也不唱撩拨心弦的民歌。今天,我们只看风光,只听故事。

从延安市区向西,就是西川河。过名扬天下的枣园,到西川口村。西川河在西川口一分为二,右边去安塞的高桥镇、砖窑湾镇,翻子午岭大山到志丹县。沿途山地大棚一座连着一座，鳞次栉比。那里已经成为延安市民的菜篮子和观光采摘农业的目的地。那里的西瓜小瓜久负盛名，那里的草莓由你亲手采摘，目前正在火热上市。从西川口左手进沟，就到了安塞的楼坪。那里山大沟深，植被茂密，树木葱茏，远离尘嚣，静谧宜人。春天山花烂漫、夏天碧绿竞秀、秋天姹紫嫣红、冬天林海雪原，四时美景，移步易景。山坡上有个魏塔古村落，窑洞错落，古朴宁静，名气越来越大，一批又一批国内外画家去那里采风写生。台湾一位漂亮的女生在老蒋的家里一住就是一年多，走了又来，不避冬夏，不计吃穿，像个村妇，写生不止。安塞多奇人，老蒋本是土生土长的农民，开始是接待画家，后来也成了画家。有个地方叫石峡峪，张思德烧木炭，牺牲在那里。毛泽东发表了《为人民服务》的著名演讲。

杏子川河在碟子沟流入延河。上行数公里，过侯沟门村有个村子叫龙石头村，因河边一块巨石而得名。石上有字，字迹漫漶，记载大意：某日雷鸣电闪，石头中裂，有龙飞出。曾任中央委员会总书记、中华人民共和国主席、中共中央军事委员会主席、中华人民共和国中央军事委员会主席的胡锦涛，分别于二〇一六年一月二十八日、二〇〇八年十月三十日两次来到侯沟门村，在这里过大年、扭秧歌、炸油糕、搞调研，成就一段亲民佳话，为龙石头平添新的传说。

沿杏子川河继续前行，王窑水库就到了。王窑水库于一九七〇年十月动工兴建，一九七二年九月基本建成，蓄水量为两亿立方米，一九九七年开始向圣地延安市区供水，年设计供水能力一千五百一十万吨，是目前延安城区供水唯一可靠的饮用水水源。朋友，千万别忘了，我们打开水龙头的时候，流出来的水就是安塞县王窑水库的水。如果没有来自安塞的水，我们将不知如何生活。王窑水库山水相依，碧波荡漾，环境优美，是山水安塞的经典华章。

　　沿坪桥川支流上行，翻过十二连山，就到了王家湾。十二连山又叫鸦行山，由十二座山头组成，是延河流域和秀延河流域的分水岭。山头曲线优美，一字排开。其气势之磅礴，场景之恢弘，在陕北地区绝无仅有。一九四七年四月十三日至六月八日，毛泽东转战陕北，在王家湾居住五十八天，领导西北野战军取得了羊马河战役和蟠龙战役的胜利，撰写了《关于西北战场的作战方针》和《蒋介石政府已处在全民的包围之中》两篇文章。王家湾不仅有山有水有旧居有故事，还有地椒草和山羊肉。地椒草逆风香飘十里，王家湾羊肉名扬天下。

　　顺着延河上行，过了镰刀湾，就到了沙漠的边缘，安塞与靖边的结合部。云台山、魂迷山、高岇山，一座高过一座。高岇山海拔一千七百三十米，堪称陕北第一高峰。皱皱巴巴、刀削斧劈的山在这里突然变得更加巍峨高耸，线条变得圆润优美起来，像一群坦胸露臂的巨人睡在那里。

　　芦子关到了，延河的源头也就不远了，就在那周山脚下。

　　"五城何迢迢，迢迢隔河水。边兵尽东征，城内空荆杞。思明割怀卫，秀岩西未已。回略大荒来，崤函盖虚尔。延州秦北户，关防犹可倚。焉得一万人，疾驱塞芦子。岐有薛大夫，旁制山贼起。近闻昆戎徒，为退三百里。芦关扼两寇，深意实在此。谁能叫帝阍，胡行速如鬼。"从杜甫的《塞芦子》可以看出，当年这里已是边关。山上隐约看见、蜿蜒起伏的古长城，还有历尽风雨、屹立不倒的烽火台都可佐证。延安的屋脊在安塞，延河的源头在安塞。

　　美哉壮哉，山水安塞。

2014 年 12 月 8 日于枣园家中

安塞奇观窟窿沟

《延安文物丛书》中有一本《王沛文物风光摄影作品集》。朋友知道我爱摄影,就送我一本。身在安塞,心也在安塞,自然喜欢安塞,关注安塞。所以,就急迫地翻阅影集,先看看有没有关于安塞的文物风光摄影照片。结果不失所望,翻到了一张《黄土地貌奇观》的风光照片。照片左上角是蓝格盈盈的天,画面下边有三分之一的水,那水也是蓝格盈盈的水。天光山影倒映在水中。画面的主题部分是逆光下的红砂岩地质的山体,像一堵高高的墙,墙上开了一个三角形的洞。光从洞中照进来,水从洞中流过去。照片拍得大气唯美,很漂亮。照片的注解内容是:这地方当地人叫窟窿沟,实际上是红砂岩经过长期风雨侵蚀形成的砂岩洞地貌。从这个角度看过去,岩石犹如一条巨人的腿,正在跨出黄土地。摄于安塞县化子坪镇。

我心向往之。一是王沛的照片拍得美;二是这地方名字起得怪。什么名字不能叫?像象鼻山、天门洞、石花洞等,多美的名字,偏偏就叫窟窿沟,土得掉渣儿。正是这土得掉渣的名字,引起了我的好奇。十二月二日下午，天气晴朗，天是蓝的。昨天刮了一天的北风，气温骤降到了零下十一度。我又想起了窟窿沟。在这寒冷的冬季里，窟窿沟到底是个什么样子呢？从安塞北上高速，到化子坪出口下高速。穿过大街左拐，从过水桥上过延河。顺着延河的一条蜿蜒的支流进山。行数公里，路右边见一庙，再前行几分钟，见一桥，曰：窟窿沟大桥，其实，桥不甚大。窟窿沟到了。

站在桥上，就看到了不远处的窟窿沟。一个红砂石小山坡斜着从山上延伸下来，像一堵倾斜的墙，墙上开了一个半圆形的洞，像一孔桥洞。清澈的水从洞下中间流过，不甚宽，从这边可以跳到另一边，已经结了一层薄薄的白冰。从洞中望过去，可以看见远处明亮的天光和近处的一个小山包，还可以看见半个月亮形的蓝蓝的天和蓝天里的半个银月亮。往近处走，那洞、天和远处的山所构成的景象不断发生着变化。像眼睛，是人眼还是大象的眼？像月亮，是圆月、半月还是月牙？那就看你所处的位置和你的想象了。它也有可能像一把弯刀，也有可能像一块碧玉。往前走，走到跟前，那洞就变得高大起来，人显得小了很多。越是靠近洞下，越有一种压迫感，好像身处垒卵之下，使人不寒而栗。在洞下用步子量一量，足有数十步，至少可以并行五辆大马车通过。仰起脖子向上看，圆形洞顶目测高度足有五十米。红砂岩裂着缝隙，巨大的岩石随时都有可能落下，使人不敢久留。窟窿沟一端连着大山，另一端足有数米粗细斜插在地面，形成一个巨大的窟窿，跟桂林的象鼻山相似。

窟窿沟，这一黄土地上可能是唯一的神奇的红砂岩地质奇观是何时形成的？是如何形成的呢？大山无语，也无人应答。离窟窿沟不远的崖壁上，至今可见成片的崖窑，不禁使人想起，在那历史的长河中,在那月明星稀之夜,窟窿沟畔,可曾有匪兵的冷枪?可曾有闹红的火把?可曾有西去的马帮身影?可曾有东来的驼铃声声?

那时候,这里还是一架标致的山梁。隆起的山梁,由上而下,延伸至沟底。左右两边两条山溪在山梁下交汇,形成一条支流,奔向延河。后来的一个秋天,秋雨连天,山洪暴涨,山梁的末端坍塌,阻塞了两条山溪的下行通道,形成堰塞湖。两条山溪被迫上移对冲。山梁主体不断坍塌变成厚度不过数米的墙体。时光流逝,滴水石穿,山溪继续对冲,将墙体冲穿形成山洞。墙体越来越瘦,山洞越来越大,直到形成今天的模样。

这一演化过程都是我的臆想。就像贵州的黄果树瀑布等待旅行家徐霞客,靖边的丹霞地貌波浪谷等待中山大学教授黄进,延川黄河乾坤湾等待画家靳之林一样,也许,窟窿沟也在等待一个人,等待一个人去厘清它的前世今生,去揭开它的红盖头,让世人一睹它的真容。

窟窿沟已经发育到了晚期,短则十年八年,长则不过二十年三十年,它就可能坍塌,这一黄土地貌奇观就会消失。

2014 年 12 月 4 日

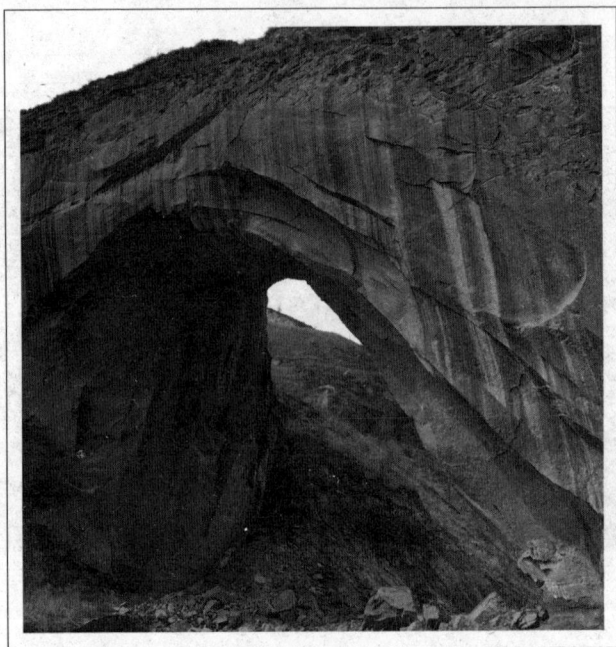

　　仿佛是一夜之间,正对窗口隔河而望的南山上,山桃花不经意间就开了,像是一团一团的蘑菇云。这才是清明节的前一个礼拜左右,山桃花就遍地盛开了,它比迎春花开得还早些。

　　晨曦里、落霞里,山桃花热闹地盛开着。一簇簇、一片片、一山一洼,山桃花如烟似霞地开在陕北的大地上。有的开在山顶、有的开在山坳;有的开在悬崖、有的开在谷底;还有的开在炊烟袅袅的农家窑院。杂树丛生间,山桃花与枯树败枝为邻,与残藤野草为伴,她不避向背,随遇而安。她那姣好的容颜恰似陕北的俊女子,白里透着粉,粉里透着红,娇滴滴、羞答答、幽香含笑。

　　山桃花摇曳在枝头,摇曳在明月山影里,摇曳在踏春人的梦里。你听,她还咯咯地笑呢。你驻足观看,发现有的含苞待放,像一串串血红血红的珍珠玛瑙,有的正待开放,像是两颗绯红的少女,而有的已经完全地盛开了,显得自然而又大方。

　　诗人王骑虎先生写道:"在绿色暴动中,大地的血液,蓬勃盛开。"说山桃花是大地的血液,那是极准确的。春风拂面、丽日蓝天,你站在郊外高高的山顶上,最好是站在南泥湾的山顶上,放眼望去,群山起伏,林涛汹涌。突然,你的眼前就会一亮,那是云吗?那是一片一片的云吗?不,那不是云,那是云样儿的桃花。风起处,在波峰浪谷间,山桃花也就有了婀娜的动感,愈加显得妩媚动人了。可我觉得她不是开在绿色暴动中,而是开在绿色暴动前。因为这时候太多的绿色还在观望中,小草在枯枝败叶间惊恐着眼神,若隐若现。山还是灰蒙蒙的,树还是灰蒙蒙的。在这缺乏生机而显得灰暗的背景下,山桃花愈加显得楚楚动人,她就像是暴动的旗帜,高高地举起来了,迎风招展。

山桃花实在是开得早了些。此时,陕北正是风的季节,老黄风飞沙走石,像是专门为着镇压山桃花而来似的,而山桃花不屈不挠。山桃花啊,你为什么开放得那么早呢?你是看到陕北的冬季实在太漫长?春天来得实在太迟缓吗?你是看到这大地的景色太单一?山林太寂寞吗?你可知道此时的陕北气候极不稳定,不光有春雨春风,还有春雪和寒流。而山桃花是有准备的,为了应对恶劣的自然条件,她不遗余力地把娇艳的花蕾缀满枝头,她不发一芽,用尽毕生的精力首先让花蕾绽放。一棵山桃树还是不能担当此任的,漫山遍野的山桃树像是接到了命令的军队,在某一个早晨或黄昏一起绽放。下雨她不怕,下雪她不怕,刮风她不怕,干旱她不怕,冰冻降温她也不怕。她们前仆后继,她们抱着必死和必胜的信念。有的死在含苞、有的死在初开、有的死在盛开;有的死于雨,有的死于雪,有的死于寒冷,而大多死于风中。大风中,她们落英缤纷。她们的身躯在雨雪泥泞中笑归大地,而她们的灵魂却在空中随风飞舞。看似娇弱的山桃花啊,骨子里却有着伟岸的北方男人气质哩!

陕北大地自盘古开天就是一块英雄的土地,一代又一代数不胜数的无名英雄,用他们的鲜血染红了这里的每一寸土地。山桃花是英雄的鲜血染红的吗? 山桃花开在春风春雨的夜里,她们是英雄们的笑脸还是英雄们的灵魂呢?

山桃花实在是太普通了,人们讴歌迎春花、赞美牡丹花,人们惊羡兰花花的娇、山丹丹花的艳,但山桃花自有山桃花的性格,山桃花自有山桃花的美丽。她从不虚张声势,但她气势恢弘;她从不矫揉造作,但她一朵一朵默默地最早装扮了春天。

美丽的山桃花啊,繁花似锦,开在人们的梦里。

2008 年 4 月 7 日　星期一

一盆幸福树

才听说有一种花叫幸福树,白瓷盆里栽上四五株,筷子般粗细的枝干,高约四五十公分。枝干上长出叶柄,叶柄上长出更细的叶柄,然后长出尖尖的叶子,形状像是北京香山上的红叶,只是那叶子更小一些,呈绿色而非红色。下面的老叶子呈墨绿色,顶端的新叶子呈浅绿色,繁繁密密,茂腾腾,油光发亮。一盆这样的幸福树,叶子拥着叶子,根叶相连,亲密无间,形成一个圆圆的墨绿色球体顶在白瓷盆上,看上去果然给人一种幸福的感觉。幸福树,多好听的名字。

快过春节了,朋友给办公室里送来了几盆花,一盆发财树,一盆平安树,还有一盆就是幸福树。这几盆花的到来着实为办公室带来了生机盎然的新气象,好像春天一下子便涌进了我的办公室似的。原来空荡荡的办公室里多了不少的欢声笑语,引来了不少羡慕的目光。我更是对这些花喜爱有加,擦掉叶面上的尘土,摘除干枯死去的枝叶,一盆盆摆在合适的位置,上下打量左右观赏。这样的日子大约过了一周的时间,春节就要到了,我要回老家过年了。春节陪父母亲过年是我自己对自己的一个承诺。十多年了，这个承诺一成不变，今年亦不能变。因为我欲尽孝幸而父母尚在，这是人生当中多么幸福的一段美好时光啊，怎能轻易错过。尽管我还牵挂着我的花，把它们锁在办公室里像是坐禁闭一样，心中有些不忍。

我是腊月二十七离开办公室，正月初八回来。当我打开办公室的门时，眼前的景象让我大吃一惊：我的幸福树死了。原来一树的绿叶现在竟然卷曲枯萎泛白，失去了往日的生机，花盆周围全是落叶。我走到花盆旁边，俯下身子伸手去轻轻抚摸它，结果树上仅存的枯叶便发着枯焦的声响"哗哗"地落了下来，只剩下几株光秃秃的枝干。幸福树真的就死了吗？我注视着它，望着它的顶端，幸福树可怜兮兮的。结果我发现幸福树还有一息尚存，顶端还没有伸展开的嫩芽虽然发软发蔫但还没有干枯死掉。它们虽然已经到了死亡的边沿，但它们毅然决然地坚持着，坚持着一种求生的本能、求生的欲望和求生的信念。凭着多年的养花经验，我知道这盆幸福树是严重地缺水了。我赶紧用脸盆端来了水浇在了它的根部。那水便很快地渗进了松软的泥土里，还发着"咝咝"的声响。凭着这种坚持的精神，幸福树终于迎来了生命的转机。三天以后，幸福树顶端的嫩芽复活了；一周以后，枝干上又重新长出了新芽；二十天以后，一盆新的幸福树又呈现在了人们的面前。

幸福树又复活了，如今已是枝繁叶茂，通体的新绿，顶端生出的幼芽更加健壮，像是幼儿的一双小手，细皮嫩肉，高高地举向空中，作鼓掌状。它们是应该击掌相庆的，它们的重生实在来之不易，与其说是浇灌的结果，还不如说是其坚持的结果。在那困难的日子里，幸福树进行了艰苦的挣扎，它们首先努力地从土壤里汲取所有的水分,当土壤里的水分用光之后,幸福树最底层的老叶子义无反顾地逝去自己的生命,将自身的所有养分和水分还原给枝干,再由枝干输送给顶端的嫩芽。就这样老叶子由下而上一层一层前仆后继地献出自己的生命,以确保顶端的嫩芽不受伤害。它们知道嫩芽就是它们的生命所在,就是它们的希望所在。人常说"人非草木,孰能无情。"似乎是说草木是无情的,只有人才是有情的,那么,请君看看我养的这盆幸福树,面对它,你还能说草木无情吗?

2010 年春节后

　　二〇一一年五月中旬，我们陆续登临了宝塔山、清凉山、凤凰山、万花山，还有清涧的笔架山、子长的龙虎山和安塞的腰鼓山。那时，槐花已经盛开，向山上望去，像是下了雪似的，好像比往年要繁盛得多。

　　前几天下了一场透雨，沙尘暴已经没有了，气温已经达到三十二度。空气中弥漫着槐花的浓浓的清香，尤其是夜晚更甚。槐花在这个季节满山遍野、铺天盖地的张扬着自己的个性，主宰着这个季节。百米大道、延河两岸的山上，好像下了雪，到处都是白雪皑皑、茫茫一片。此时，万花山的牡丹花也在盛开，但似乎已经被人遗忘，并不为所有人知道。唯有槐花，不避阴阳、不避城乡，平时并不显山露水的槐树，此时一下子显现了出来，成了这一方的主宰。老老少少、男男女女，拿了袋子、带上铁钩，上得山来，不久，家家户户的餐桌上也就香飘四溢了。谁要是不吃一顿槐花饭，似乎就是一个遗憾，好像这个季节没有过似的。

　　以上文字是三年半以前写下的，再接着写的时候已是甲午年大雪的节令。一篇文章写三年，可见我是这世界上最懒的人了。办公室里温暖如春，而室外刺目的阳光却冻得人瑟瑟发抖，不是三九胜似三九。前几天下了一点雪，腰鼓山的背洼洼里还依稀可见。

我又想起了凤凰山上的槐花，城中的凤凰山是我们晨练的地方。早晨，太阳从宝塔山东边升起来了。蒸汽腾腾的，红黄的光照在剪影一样的山梁上。凤凰山上的文昌阁、邀月台以及那沿山梁而建的土城墙，沐浴在红黄的光里。天蓝得像一湖水，没有一丝的云彩。空气中飘荡着浓浓的槐花的清香，使人精神振奋，神清气爽。耳边采蜜的小蜜蜂"嗡嗡"地响成一片。眼前的几株老槐树，连一片叶子都没有，一嘟噜一串串，挂满了洁白的槐花。只有那小一点的槐树上才能看到一点绿色的叶子。我们拿了照相机，好多人也都拿了手机，咔嚓、咔嚓地拍照，希望能把眼前的美景变成永恒。

陕北的槐花，从南向北，渐次开放，时间长达一月之久。当延安城里宝塔山上的槐花已经开败十天的时候，安塞王家湾毛泽东旧居旁的槐花才刚刚盛开，而榆林古城墙下的槐花可能才刚刚打蕾。陕北的槐花不仅是一道美景，也不仅是一种美食，它还能生产出祛病健身的优质的蜂蜜。

槐花蜜是所有蜂蜜中的上品，而陕北的槐花蜜是所有槐花蜜中的精品。槐花蜜，蜜质水白色或无色透明状，味道甜而不腻，有槐花的清香。具有高营养、美容和养身的特性。槐花中含有刺槐苷和挥发油，其性清凉，口感清香，有舒张血管、改善血液循环、防止血管硬化、降低血压、护脾养胃、清热解毒、排毒清脂、养颜正气、润肠、杀菌之功效。临睡前服用槐花蜜能降低中枢神经的兴奋性，有利入睡。经常服用槐花蜜能改善人的情绪，达到宁心安神的效果。

当槐花盛开的时节，在那槐树林中徜徉流连，养眼养身养心养神，沐浴在阳光里，沐浴在清香里，沐浴在洁白的绿色里，那是何等的惬意。

美景就在我们身边，又何必旅途劳顿、挤成人山人海。

2014 年 12 月 12 日于枣园家中

百灵鸟被捕记

　　我是一只小小鸟，我飞呀飞，飞呀飞，我飞得高。我会飞，我会唱，我还会舞蹈；我是一只小小鸟，我唱歌，我舞蹈，我载歌载舞，我很骄傲。

　　我是一只百灵鸟，现在住在一所学校的家属小区里，门前就是草坪，环境还不错。每天太阳一冒花儿，主人就提了笼子，把我放在草坪里，让我放风，让我唱歌。我最喜欢草地了。有点讨厌的是狗也围着我转，猫也围着我转，人也围着我转，直把我转得头晕眼花。有一次，一只碎狗围着笼子咬我，差点把我吓得半死。那些文化人还问，这是什么鸟？主人说是百灵鸟。那人"啊啊"地走了，说这就是百灵鸟啊，像麻雀。另一个说明显比麻雀大，不可能是麻雀。我被关在笼子里，真是悲哀。

　　我的悲哀，源自于我动人的歌声和优美的舞蹈。关在笼子里，多数人还不认识，真是更大的悲哀啊。

　　我是在申村东地，砖厂南边被捕的。其实，我出生在内蒙古大草原上，好像离张家口那里不远的一个地方。自从我会飞以后,爸妈经常带着我和我的弟弟妹妹,去承德避暑山庄。黄瓦红墙,绿树成荫,庙宇连连,游人如织。不好意思说,我还在那黄瓦上拉过屎呢。已经到了夏天,雨水多,寺庙里的草长得也特别旺,草虫、蚂蚱肥嘟嘟的,我一口一个,那时候连草籽都不想吃了。我们在那里从夏天到秋天到冬天,跟着父母,快乐地长大。我们一家人一会儿在蓝天上飞翔唱歌,一会儿在草原上跳跃嬉闹。草原上那空气真鲜,那草味真香,闻不够。

童年真是快乐啊。

进入冬天,下雪了,有一尺厚,大地一片洁白,掩盖了所有食物。为了食物,我们一家向南迁飞。我们在蜿蜒的长城脚下,一块没有雪、避风向阳的草丛下面住了一夜。第二天,天一亮,我们就鸣叫着像箭一样射向蓝天向南飞去。我们飞过北京上空,看到了一个大大的北京,看到了一个大大的鸟巢。就是找不到吃的,我们吃的是草籽、小虫,北京很少。在北京城墙根下、小树林里,我们看到了很多鸟被关在笼子里,有的笼子上还蒙着黑布。我还看到了我们的同类也被关在笼子里。父母告诉我们,一定要小心,让人逮住了,就关在笼子里了,永远飞不出去了。从那时起,我就害怕,怕被关在笼子里,对那圆圆的挺好看的笼子有一种莫名其妙的恐惧感。

我们继续南飞,不知过了几天几夜,来到了一个叫申村的地方。我们在申村上空飞了三圈,观察了一下地形。还好,这里远离大城市,空气相对还好,不像北京、石家庄那么糟糕。村子东边有麦地,麦地里有一个烧砖的砖窑,冬天放假了,也没有人,挺安静,向东就是一条由南而北的东风渠,有冰,有冰就有水。最终我们选在砖厂南边避风向阳的一片草丛安了家。这里可比张家口暖和多了,麦苗青青的,吃起来口感还不错,麦苗根部偶尔还能找到几条小虫子解馋,渴了就到东风渠里去喝水。我们打算在那里过年,过完年,开春,麦苗开长的时候,我们就向北迁飞,回到我们一望无际草旺虫多的大草原去。

我们住在那里的第三天早上,天还没完全亮,北边小路上朝砖厂来了一个人,歪戴一顶蓝布"火车头"破棉帽,穿一身黑色的棉裤棉袄,邋里邋遢的,走路松松垮垮,好像一只眼睁着一只眼闭着。我爸说:"隐蔽,好像不是好人。"我们都缩着脖子,匍匐在地上,退到草丛根里。那人站在砖窑顶上,居高临下向我们这里张望了半天,又沿着来路向北边走去。第四天一早,同一个时间,"火车头"又来了,肩上扛着两根棍子。事后我们才知道那是一张网。他从西边绕过砖厂,走到我们的南边,走到草丛与麦地的边上。他在那里来回走动,像是干活。我们看没什么危险了,就从窝里出来,在草丛里奔跑着,一路向东跑了几百米,远离我们的窝儿之后,一冲上天,到别处觅食去了。

天黑时分,我们飞回砖厂,在砖厂上空飞了几圈,没有发现危险情况,我们就在东边很远的地方,快速落入草丛中,奔跑着回到了草根下面的窝里。奔跑是我们的本领。父亲对母亲说:"看来我们被人发现了,明天一早我们得赶紧离开这里。"

谁知,第五天一早,"火车头"又是如期而至。我们感到情况严峻,赶紧离开窝,小步慢跑向南移动,一边走一边伸长脖子看动静。"火车头"这次是冲我们来了。他从砖窑上下来,慢慢悠悠地向我们靠过来了,把我们逼到了草丛边上,再往前就是开阔的麦地。怎么办呢?正当我们犹豫的时候,"火车头"突然朝我们投来一块土疙瘩。我们来不及反应,惊慌起飞。刚一起飞,发现面前有一张大网。说时迟,那时快,我们本能地张圆翅膀,用力向下抖开尾巴,用双翅和尾巴上的每一根羽毛全力兜风,紧急刹车,同时在空中一百八十度大转弯,向着斜上方,想拍打着网口飞出去。可怜的我,为了保护我的家人,没来得及转体,一头撞进了网眼,挣扎中被网住了双翅和双脚。我被捕了。

"火车头"像个老狐狸,猫着腰向我扑来。他熟练地用手把我捉住,从网上摘下来,手伸进黑布袋里,把我放了进去。然后,把布袋别在腰后,收起了他那张可憎的大网。回到家里,"火车头"从腰里把布袋解下来,他用中指无名指把我的双脚夹住,用拇指和食指把我的脖子卡住,提在手心里,端详了半天。我拼了命地挣扎,我用嘴一口一口地鸹他。我一边挣扎一边瞪圆眼睛乱喊乱叫。结果无济于事。他死死地捉住我,左手把我的爪子拉开看半天,又把我的嘴巴看半天,又看我的头,又看我的脖项,最后,"火车头"满意地自言自语:"品相不错,不到一岁,还是个公儿。"只有公的才有价值,他很满意。这是他对我的评价,真讨厌。

他把我放进笼子里。笼子是圆形的,正中间立一个高台,他们说那叫凤凰台,是让我站上去唱歌跳舞的。想得多美。我在笼子里又飞又跳又扑又闹,撞得头破血流羽毛乱飞。累了,就卧在笼子里张着嘴、瞪着眼大口大口地喘气。我三天都没进一颗米,没饮一滴水。我不想活了,以绝食来抗争。但"火车头"真是一只老狐狸。不急不躁,用他那只眍着的眼睛冷眼看我,还说:"气性还不小。"我继续闹。他说:"行了,再不吃点东西就饿死了。"我又闹了一天。下午,"火车头"把我从笼中捉出来,压在膝盖上。我感到他很用力,我快要死了。他不断用力,恶狠狠的样子,还把我的头拉出来,使我的脖子伸得老直老长。他折腾我,好像比我还狠。我从心里有些害怕了,不敢动了。他把我放回笼子,我乖乖地卧在笼子里,一动也不敢动。他说:"吃吧,不吃就死了。"我像着了魔,用嘴嘣嘣嘣地鸹了两颗米,开始吃东西了。"火车头"一只眼睁着一只眼闭着,脸上露出了笑容。这就是命,这就是我们百灵鸟性格里的弱点,欺软怕硬。我怕了,我也服了。"火车头"不知害了多少鸟,他清楚地知道这一点。

我在"火车头"家住了一年多,直到甲午年的正月初四晚上。第二天一早,我就跟着新的主人开始了西游的生活。那真是一路西游,一路故事。现在我已经不住在笼子里了,我住阳台,宽敞多了,能飞能跳。好了,说多了,我又渴又饿,让我吃上两颗米,我接着给你们讲我西游的故事。

甲午年的正月初五,我开始西游。

自从被捕后,在申村住了一年多。好不容易稳定下来了,我也习惯了笼中生活,周围还有画眉、八哥等几个邻家,也不感到寂寞。没想到,正月初四晚上,我都趴在笼子里睡着了,主人"火车头"把我叫了起来。不大一会儿工夫,把我提到了一个陌生的地方。屋里人很多,说话南腔北调,我都听不大懂。我很紧张,不知发生了什么事情,我又开始跳开始闹,直闹得乌烟瘴气,羽毛乱飞。他们把我放到一边,再也不理我了。

我也是一夜无眠。初五一大早,我就跟着新的主人上了车。从申村大街向东到东风渠边上向北,不久就上了高速公路。今年的冬天真是奇怪,一点雪也没下,一点都不冷。人们都穿得很单薄,我身上的羽毛都感到有点厚。去年此时的东风渠全部结了厚厚的冰,我们只能把冰鸽碎,吃冰,小孩子都在冰面上溜冰嬉闹,还看见骑摩托的人直接就开过去了。今年可好,河水清清,由南向北,哗哗地流着。不结冰的冬天几十年都少见。

听主人说是去北京。北京我知道，那远了去了，几天能到？我站在笼子里向外张望，看到路边的杨树嗖嗖地向后倒去，耳边呼呼的风声。真是快呀，比我飞得快多了。我也不用飞，就站在笼子里，有时站不稳，我就卧下，卧在笼子里，饿了，就鸽几颗米。下午三点，我没飞一下，就到了北京。

主人把我挂在一棵杨树上。我很害怕，周围不是车就是人，天上有飞机，远处还有火车，乱哄哄的。北京风很大，把我的羽毛都吹翻了，我感到十分冷，还有些不适应。北京我来过，但这一带我没来过，这里是东五环，离那个大鸟巢还很远呢。北京真大。主人又给我加了些食，又添了矿泉水，远远地站在那里看我。我看这个主人对我还不错，我对他有了初步的好感，少了些紧张。

晚上，住在北京的宾馆里，暖暖和和的，再也不用住野外的草丛了。你看我这鸟，还真是混成个鸟了。我睡着了，做了一个梦，梦见了申村，梦见了我的戴着"火车头"帽子的旧主人。你说这鸟也真怪，怎么像人一样，也想家呢？想家你不想张家口外的大草原，偏偏就想那个破落的申村呢？听说我们离开申村不久，申村就下起了雪，雪下得好大好大。申村内外白雪茫茫，像个童话世界。

第二天下午，我们离开北京前往大同。途中经过八达岭长城。故地重游，使我想起了与父母家人一起生活的许多往事。当晚住大同宾馆，一夜无语。第二天，天一亮，前往云冈石窟。主人把我挂在一棵光杆银杏树上，还对我说这是著名的云冈石窟。我听说过这个地方，是我父亲告诉我的。父亲说在他小的时候，爷爷带着他来过云冈石窟。崖壁上有好多好多的石窟，石窟里的佛像大都风化了，看不清模样。那里边住了好多鸽子和麻雀。只有一个露天在外的白佛爷还比较完整。那天一早,爷爷带着父亲落在了白佛爷的鼻子上,顺着鼻子爬到了眼睛里,眼睛里还住着一对麻雀。父亲那时也小也调皮,顺着鼻子往上爬的时候,顺便还在那鼻子上拉了一泡稀屎。看来谁小的时候都调皮。

中午时分,我们离开大同,一路向南向西,过了雁门关,又过了黄河,进入了陕西境内。主人说过了黄河就算到家了。我就不懂了,申村不是你的家吗?如何说过了黄河就到家了呢?人的事,鸟不懂。

过了黄河,就下起了雪。雪越下越大,晚上八点钟,夜幕早已降临,大雪纷飞,整个一个混沌世界。我们被迫住在了靖边县城。因为再往前走,就是几十公里一溜下坡,山大沟深,一个急弯连着一个急弯,十分危险。为安全起见,只能住在靖边了。初七夜,是小年,当地人叫人七。县城彩虹跨街,灯笼高挂,雪片纷飞,红灯雪影,好一个白雪皑皑银装素裹的神仙世界。在靖边在雪的世界里,我美美地睡到天明。

初八中午,天气放晴,我们赶紧上路。那真是一路惊心,险象环生。放眼望去,山舞银蛇,原驰蜡象,好一派北国风光。下午三点,我们终于到了现在我住的家里。主人把我放到阳台上,从此整个阳台就成了我的天下。在以后的日子里,每天一早一晚主人都把我提到外面的草坪里放风,星期六星期天还带我到柳树成荫的公园里玩。我还跟主人去过新城。

在阳台上住了一段时间后,我们之间也熟悉了,主人看我在笼子里憋屈,跳也跳不成,飞也飞不成。有一天,主人就打开了笼门。我看见打开的笼门十分害怕,门口那里去都不敢去。这种情况发生了好多次之后,我鼓足勇气,站在笼门口向外张望,然后迅速地离开了笼门。又过了几天，笼门又打开了，主人鼓励我出去，我就把头伸到了笼子的外面。我的天，外面太大了，好可怕，我赶紧把头缩回笼子里。又过了几天，主人又把笼门打开，在外面还放了谷子，让我出去。我心怦怦跳，眼睛滴溜溜转了半天，看也没什么危险，我就鼓足了勇气，跳出了牢笼。我站在笼门口外面，像傻子一样，不敢动不敢飞也不知道到哪里去。一有动静，我就赶紧回到笼中，好像只有那笼子才是我的家。

再后来，主人就把笼门彻底打开了，我出入自由。出来后，在阳台上自由跳跃，还可以原地张开翅膀做飞翔练习，还可以把身上的羽毛抖开，抖得像个圆圆的毛线团一样，然后用力抖擞。我这才有了一种解放的感觉。后来，主人又给我弄了沙盆，我可以飞到沙盆里去沙浴。我用嘴鸹，用爪子挠，用翅膀扇，把浑身上下的羽毛抖开，让沙子覆盖我的全身。那一刻，我真是舒服死了，几年了都没有这种沙浴的感觉了，我都忘了。这时我才感到我其实还是一只幸福的鸟，命运还真是不错。再后来，主人还给我喷淋，让我淋浴，一周一次。现在我行动也迅捷了，又恢复了飞行的能力。阳台就是我的天地，有树有花，有时我还飞到客厅里去转一圈，有时我还偷偷地跑到主人的卧室去看看。我现在白天一天都在阳台上转悠，渴了饿了就回笼子里饮水鹐食，晚上回笼子里睡觉。闲来无事，主人就逗我玩，让我从笼里出来，我就乖乖地出来，让我进去，我就乖乖地进去，有时我也逗主人玩，故意不听话，是让进去不进去，让出来不出来。我和主人成了朋友。

我的故事讲完了，估计你也听烦了。记住我，我是百灵鸟。

丢失了一天一夜的文鸟,以不可思议的方式回来了,真是令我激动。

昨夜风雨交加,在漆黑的夜里,不知它栖在谁家檐下,或者在哪棵枝头梦呓?

下午六点,我回到家中,照例第一时间先跑到阳台去看我的洁白如雪的文鸟,结果令我大吃一惊。用白色镀铁丝做成的漂亮的小房子似的鸟笼子散了架,零乱地摊在地上,白色塑料做的水罐、食罐、栖木东倒西歪放在一边。立刻,我就有了一种不祥的预感:白文鸟丢了。我急忙找遍了阳台和房间的所有可能的部位,包括阳台上方房檐下的四个方形木质鸟窝,和长着五个侧枝、茂腾腾的龙血树的每一条叶片。不放心,再找一遍。另一只白文鸟和灰文鸟安静地卧在另一个挂在龙血树下的木质圆形笼子里。平时喊喊喳喳的它们现在一动不动,似乎它们惊恐的眼神也在告诉我,出事了,鸟飞了。

一对洁白如雪的文鸟飞了。

洁白如雪的文鸟握在手心里鸡蛋般大小，像是微缩版的白鸽。粉红色的嘴巴，有点儿蜡质的感觉，细如柴杆儿的小腿，也是粉红色的，纤纤细爪犹如美女的纤纤玉手，一双扁豆般大小、深红色的圆眼，萌萌的，透着机灵淘气，讨人喜爱。

早晨，太阳出来了。我提了鸟笼，把它们挂在门前草坪里一棵小树的树枝上。院子里有树，有花，有草坪，有蜿蜒起伏的小路在树下向远处延伸。鸟最喜欢这样的环境和空气。它们在笼中跳跃嬉闹，一会儿吃食，一会儿喝水，不停地喳喳鸣叫。

据妻子讲，突然一阵风起，一只鸟笼从树枝上跌落地下，在草坪上散了架。笼中一对文鸟惊慌失措，慌乱中从散了架的笼中飞出。先飞到六号楼前的一颗高高的银杏树上，稍稍定了一下神，然后，一东一西各奔东西展翅而去，消失在人们的视线以外。

我每天给它们喂食，喂水，打扫笼舍。每天用一只大烟灰缸端水给它们洗澡，所有的鸟都爱洗澡，而文鸟可能是最爱干净的鸟了。它们小心翼翼一跳一跳地来到水边，先用嘴巴鸹上两口，一是喝水，二是用嘴试水温，太热太冷，它们都不会洗澡。一旦水温合适，它们就会抢着下到水里，用它们的嘴和头迅速将水卷起或者是快速扇动翅膀将水溅起洒遍全身。它们尽情地嬉水，像一群无忧无虑的天使，直到全身上下每一根羽毛全部湿透变成一只一只的落汤鸟为止。然后，它们就依次出来，要么站在花盆边上，站成一圈，要么站在专门为它们准备的栖木上，站成一排。样子很搞笑，很滑稽。它们一起开始筛糠一般抖擞它们的羽毛，直到把自己抖擞得像一个一个的小刺猬为止。然后，它们一个一个又开始像风葫芦一样快速地"噗噜噜"地扇动翅膀，用爪子交替着抓耳挠腮，舒服过瘾之状令人称羡。然后它们就会开始不厌其烦地梳理羽毛，翅膀、背部、尾部、胸部，直到每一根羽毛全部梳理到位，周身变得绸缎般洁白无瑕为止。它们开始飞翔，开始在我家的客厅和阳台间自由飞翔。妻子将它们的照片发到了网上，引来一片羡慕之声，说它们是一群幸福的小鸟。

夜里，一群文鸟入我梦来。它们为抢一个鸟窝而争斗不休，为抢一个配偶而发生激烈的战斗。它们在烟灰缸里嬉水，在阳台和客厅间结队飞翔。它们热闹地占据了我的阳台，好像整个阳台都是它们的天下。它们不停地鸣叫，把家里营造成鸟语花香的幽谷林下。两只文鸟的出走，一下子使阳台空旷了许多，冷清了许多。那个散了架的鸟笼子已经重新装好，空空地静静地立在阳台的一角。

第二天天一亮，我就到院子里去转悠，尽管不抱任何希望。我仍仰着脖子，顺着高低起伏的林间小路，在家属区瞎转，在教学区、操场等有树的地方东张西望。就在我失望地往回走的时候，奇迹发生了。一道白光从我头顶上方由后向前"倏"地划过。鸟？白色！第一时间，我就兴奋地断定那一定是我的文鸟了。尽管我并没有看清它的身影。因为，在陕北地区，在自然环境里，白色的小鸟是极其少见的，更何况是在一个家属区里。

我仰着脖子顺着二号楼后边的林间小路，大步流星地向前追去。我追到四号楼前时，在我身后的树上传来了一声熟悉的鸟鸣。它看见我了，它在叫我。我慢慢回过头来，在那棵高高的银杏树上，我看见了我的走失了整整一天一夜的文鸟。奇迹真的出现了。

运气好你可以找到它，但要逮住它，那绝非易事。我让人替我看着它。我急忙跑回家里提来了它的同伴，提来了它居住过的白房子似的笼子。我想这里有它的亲情，有它的记忆，看到这些它肯定会回来的。我一边跑,一边将笼门打开,不敢有半点迟缓。当我返回树下时,它已经飞到了另一棵更高的树上。我把笼子放到树下,便离开笼子向远处走去。当我回头向树上望去的时候,我傻眼了,鸟不见了。

我向空中望去,我向其他树上望去,不见任何踪影,我失望极了。当我失望至极的时候,突然发现文鸟已经在地上的鸟笼门口跳跃。我几乎不敢相信我的眼睛。原来,就在我离开鸟笼的那一刻,文鸟已经飘然而下,来到了那个属于它的鸟笼边上。它一跃进了笼子,动作娴熟犹如回家。我慢慢地靠近它。我怕它再跑出来。可是,文鸟已经没有一点要跑的意思。它心安理得的样子,已经趴在食罐上开始进食了,它一定是饿极了。我靠近鸟笼,伸手将笼门关上。

我的心从树上落了下来,我高兴极了。一切都是机缘,我从亿万只小鸟中把它接到家中,为它喂食,为它喂水,而它为我唱歌,为我跳舞,为我带来快乐,这就是机缘。然而,一个小小的偶然,它又离我而去。偌大一个世界,我到哪里去找它?就是它想回来,它又怎能找到回家的路?走失的鸟儿何止万千,失而复得的又有几只呢?假如我没有去找它,假如它没有从我头顶飞过,假如它再往前飞二十米,飞过院子的围墙去,假如它在茂密的枝叶间一声不响,假如,有太多的假如,我都会失去它。可是,就在那个时候那个地点,它从我头顶飞过,它看到了我,它在前头停下等我,它没有飞出围墙,它在茂密的枝叶间为我鸣叫,它看到了鸟笼后便飘然而下。

并非所有的鸟都适合在蓝天下飞翔。原产苏门答腊、爪哇等地,现在基本上都是人工孵化的文鸟,它们已经失去了野外的生存能力。现在文鸟的出生地就是鸟笼,它们生出来一睁眼,看到的就是鸟笼。它们对鸟笼已经有了依赖，只有在鸟笼中，它们才心安理得，它们才有安全感。面对洞开的笼门，它们就会惊恐不安。就是我的文鸟，虽然在阳台上已经生活了好长时间，但它们还会时不时地回到笼中去觅食，去休息。笼里的鸟儿有时候想出来，但大多时间，我看到的是笼外的鸟儿想进去，它们围着笼子转圈，带着羡慕的目光。世上没有绝对的自由，绝对自由就是死亡。在看似自由的野外，它们生存的希望渺茫。

文鸟回来了，尽管只是回来了一只。回来一只也是好的，回来一只已经是个奇迹。

2015 年 7 月 31 日

家有七彩神仙

　　巴掌大小、椭圆形、小而精巧的透明尾鳍,背鳍和腹鳍呈半圆形上下张开,红色或银白色扁平的身上布满了以粉红色线条为主的彩色网状花纹,那就是七彩神仙鱼。

　　七彩神仙鱼很安静,很漂亮。

　　我喜欢养鱼,从小就喜欢。现在养着十多条七彩神仙鱼。满满地一缸鱼,五彩缤纷,姿态各异,游来荡去,形成一道流动的风景,煞是好看。我以前曾经养过金龙、养过罗汉、养过鹦鹉,再以前养过金鱼、养过孔雀鱼。三十年来从未间断。

　　我养鱼是从罐头瓶开始的。小时候,我生活在申村,村东五里,有一条建国初人工开挖的东风渠。那时候在我的眼里,那渠就是一条宽广无比的大河。河面浩浩荡荡,那桥又宽又长又高,趴到桥栏杆上向下望去,令人心惊胆战。那都是小时候的记忆,三十年后一切都变了,那渠只不过是一条小水沟,那桥三步两步不经意间就过去了。

　　夏天,双井镇上的孩子们,脱光衣服,身上一丝不挂,一个一个泥猴一般站在桥栏杆上，纵身跃起，一头扎进水里，半天才从水里露出头来。出来时，手里要么抓一把污泥，要么抓一条小鱼儿。把我们这些乡下孩子震得一愣一愣的，我们只能怯怯地傻傻地跟在他们后面看。

秋天，渠两岸装满了抽水机，抽水机"嗵嗵嗵"地昼夜不停地抽水，灌溉两岸一望无际的玉米地。东风渠里的水几乎抽干断流，形成一片一片仅能没膝的污泥水洼。大人孩子一律脱光了衣服下到水里，先是在水里扑腾，用脚用手故意将污泥搅起来，把水弄成墨汁一样的颜色。再看河里的大人孩子全都成了"非洲人"，乌黑发亮，身上散发着污泥气息和鱼腥的味道。再看那鱼全都浮了头，把嘴露出水面大口大口地呼吸空气，好像在喊"救命、救命"。

这时候，我们就开始用扎篓或挎篓捞鱼。其实，那时候乡下人并不怎么吃鱼，他们嫌鱼刺儿多，吃起来麻烦，而且嫌鱼腥气。我们主要是捞一种叫做"鲫鱼片儿"的小鱼。鲫鱼片儿大的有银元那么大小，小的有五分钱硬币那么大小。鲫鱼片儿红眼圈，身体呈片状，薄如硬币，圆似硬币。身上散发着银色、粉红色和蓝色的光泽。鲫鱼片儿在罐头瓶里上下游动，来回转圈。由于罐头瓶的放大变形作用，鲫鱼片儿在罐头瓶里看起来大如手掌，闪闪发光。把它们放到家里的窗台上，每天起来换一次水，放几颗米，它们在罐头瓶里能活一两个月。鲫鱼片儿为我的童年带来了不少的乐趣。人到中年，还时不时地想起它们。有时，它们也在我的梦里游来荡去。

大河里的鲤鱼跃龙门，农村的孩子跳农门，我来到了城里求学。那时候，住在七里铺部队医院大哥家里。在那里，我第一次看到了鱼缸,看到了黑色或黑白条纹相间的燕鱼。燕鱼仙风道骨,娴静、高雅,给我印象深刻。还看到了大尾巴孔雀鱼,孔雀鱼身体娇小,它的美全在尾巴。用角铁自制的鱼缸里放上繁茂的鱼草,水面上架着一百瓦的电灯泡。燕鱼在水草边静静地立着,几乎一动不动,而孔雀鱼却是一群一群地来回游动,欢呼雀跃。晚上,孔雀鱼开始一个一个地下崽儿,刚生出来的小鱼米粒般大小,一生下来就往水草里钻,钻得慢了大鱼就会把它们吃掉。为防止大鱼把小鱼吃掉,大哥他们就会像接生婆一样守在鱼缸旁边,小鱼一生出来就赶快用抄网把它们捞出来,放到另一个鱼缸里。

后来大哥把鱼缸交给了我,再后来我有了自己的家。我就开始养鱼,望天、虎头、狮子头、珍珠、绣球、水泡等金鱼我也养过。我还养过鹦鹉鱼,罗汉鱼。红红火火的一缸鹦鹉,人走到那里,它们就撵到那里,很红火,惹人喜欢。缺点是,鹦鹉鱼吃得多,拉得多,鱼缸容易脏,需要经常清洁鱼缸,比较麻烦。罗汉鱼,像个鱼中小丑,身体短小呈粉红色,头上顶着一个核桃般大小的肉疙瘩。看见罗汉鱼,你就会想起老寿星。罗汉鱼惹人喜欢,不仅仅是因为它有艳丽夺目的动人色彩,更主要的是它的灵性。只要看见主人靠近它,它就会来回游动、上下嬉戏,显得很激动很亲昵。主人的手指到那里,它就会游到那里。主人的手画圈,它就会在水中翻转转圈,可爱顽皮之状就像一只就地打滚儿的小猫小狗。罗汉鱼行动迅捷,生性好斗,养过罗汉的人都知道,多数罗汉都是碰壁而亡。

现如今,人民的生活水平提高了,养鱼业兴旺发达。漂亮的生态鱼缸价格不菲。渔具、鱼食、鱼药已经形成一个完整的产业链,琳琅满目,品种丰富。鱼的品种也是越来越多,越来越高端。一条龙鱼,少则几千,多则几万,十几万。最近,又有新宠霸主产生,抢了龙鱼的风头。魟鱼,一般都是成对出售,一对魟鱼的价格,除珍珠魟鱼价格在千元左右外,像黑帝王魟鱼、皇冠黑白魟鱼,市场起步价就是万元以上,稍好一点就得十万八万。记者采访一位养魟鱼的大佬,大佬说他的一条魟鱼种鱼,有人出价两百万他都没卖。我听了,心里一惊,而看大佬却是一脸的轻松。

养鱼,好处多多。其一修身养性;其二美化环境;其三调节室内空气和湿度;其四拴心留人。倘若一个女人不小心嫁了一个逛鬼,那么,最聪明的挽救办法就是想办法让他学会养鱼。养鱼的人可以在鱼缸跟前待一个小时、两个小时,可以不出门呆半天。至于是看什么,不知道。看,是一种行为,同时也是目的。看的过程就是享受的过程。养鱼使人宁静。

人这种动物,不同的年龄就会有不同的心理思维,不同的行为习惯和不同的兴趣爱好,甚至不同的人生追求,这一特征非常明显。以前喜欢的,后来不喜欢了,以前认为对的,后来认为错了,以前坚持的,后来放弃了,以前不听话的,后来听话了,包括人的味觉、视觉、习性、观念、理想、信念都在随着年龄而改变。

以前,追求养好鱼,养名贵的鱼,认为鱼越贵越好。现在,这种想法完全变了。鱼,池中之物也;鱼,其寿命短则数月,长不过一年两年也;鱼,能养数年者少,能养十年八年者,闻所未闻也。鱼,倘若花上不算多的钱,养上一群,即使数月死上一条,其仍是一群也;鱼,倘若花几千几万养上一条,数月死,心悲伤而鱼缸空也。

所以,我现在养一缸七彩神仙鱼,再搭上几条黑色的燕鱼作为底色。闲暇时,给它们喂点吃的,它们为了得到吃的,跟着你游来游去。鱼乐,人也乐。

2015 年 8 月 14 日

蝈蝈

我喜欢蝈蝈,中原地区尤其是京津唐地区的群众,大都喜欢蝈蝈,而且历史久远。前几年春节期间在北京执行任务,在前门大栅栏,大清早的突然就听到蝈蝈的叫声。我倍感亲切而又十分意外。数九寒天,滴水成冰,首都北京的心脏地带,哪来的蝈蝈声?寻声望去,只见一位老者棉衣棉裤,戴手套耳罩,手拄拐杖,徐徐走来。只见老者胸前棉衣鼓鼓的有些凸起,我用手一指"大爷,蝈蝈?"老者得意地微微一笑说"是的。"蝈蝈本是乡间之物,能在飞速发展、迅速崛起的千年古都仍有一个如此温暖的家,本身就是一段传奇。望着老者远去的背影,我对古老而又年轻的北京肃然起敬,看来北京依然童心未泯。

蝈蝈是昆虫,成年蝈蝈拇指般大小,身体绿色或褐色。腹部大,翅膀短。六条腿,后腿长而有力,善于跳跃。头小而扁圆,长两片锯齿状大门牙,喜欢吃植物的嫩叶和花,头顶两侧长两只圆圆的小圆眼,头顶中间长出两根细细的长长的触角,不停地抖动。雄的前翅有发声器,能发出清脆地声音。有的地区称叫哥哥。陕北地区有叫蛐蛐的,也有叫叫蚂蚱的,其实都不是很准确。蚂蚱腹小翅长不会发声，与蝈蝈有根本的不同。还有，蝈蝈乃人间宠物，与人类有着千年情结，而蚂蚱实乃害虫，与人类不共戴天，两者岂可相提并论。

我又忆起了童年，忆起了我童年的蝈蝈。蝈蝈声此起彼伏。

中原地区的夏秋之季，酷暑难耐。火辣辣的太阳悬在头顶，阳光从高高的杨树间泻到地面上，泻到院子里老屋前的梅豆架、丝瓜架上。架上瀑布般的绿叶间紫色的梅豆花、金黄色的丝瓜花争先恐后地盛开，架下缀满了梅豆和丝瓜。没有一丝风，空气在燃烧。老年人打着盹，睡在床上有一下没一下地摇着蒲扇。小花狗眯着眼睛匍匐在床下，舌头伸得多长，气喘连连。而就在此时，像是画外音，架上的蝈蝈一呼百应，清脆而又嘹亮的鸣叫声响成一片。

捉蝈蝈最紧张，也最有趣。中午，太阳融化在空气中，中原大地上玉米、谷子、大豆、高粱、棉花、红薯等农作物一望无际，郁郁葱葱地疯长。蝈蝈的叫声又响起来了，你赶忙跑过去，快到跟前时，蝈蝈的叫声戛然而止。当你瞪大眼睛仔细观察时，另外一只又叫了起来。你掉头又跑过去，它又不叫了，而此时，其他的蝈蝈又叫了起来。捉哪一只好呢？你就会犯难。这就是蝈蝈的幽默和智慧，此起彼伏，让你无所适从。但是，你不能上当，你就盯住一个不放。它叫时你就靠近，不叫了你就停下，如此再三，你可能已经离它很近很近了，蝈蝈就再也不叫了。蝈蝈一般在太阳直射的阳面，比如玉米穗儿上、谷穗上或豆子的叶面上，发声器正对太阳。当你终于发现它时，其实聪明的蝈蝈早已发现了你，它随时准备逃跑。这时候你必须看准位置，利用农作物的茎或叶作掩护，悄悄地靠近它，然后，双手突然伸出将它捧住。这样，一只蝈蝈就到手了。它急了，也会用它的武器大板牙咬你，但是，你千万不能松开，一松它就会落荒而逃，无影无踪。一个中午可以捉五六只,有时可以捉十来只。分别用豆叶包住,带回家中。如果有月光,晚上也可以捉蝈蝈,而且更具诗情画意。晚上,月亮升起来了,蝈蝈就会爬上玉米的顶端鸣叫。逆着月光向上望去,蝈蝈的黑影清清楚楚。你可以直接用手捉,也可以用锋利的镰刀将玉米秆轻轻割下,举着玉米秆带着蝈蝈一起回家。

有了蝈蝈就得有笼子,蝈蝈笼是要自己编的。先选高粱秆,要节长而且粗的,在节处截断,用镰刀按米字型将高粱秆破开,再刮成篾子。然后,在地上挖一个拳头般大小的圆坑,再将土回填,将十八至二十根刮好的篾子沿坑壁插入土中,将土夯实。用左手捏住八根,将其余篾子依次别入,再将手中的八根依次别入,最后收紧形成一个别好的圆口,这就是笼子的一半。将半成品从土中拔出,用同样的办法编好另一半。将长余的篾子剪短依次别入缝隙,形成一个花边,这样一个漂亮的铅饼状蝈蝈笼就算编成了。将蝈蝈装入笼中,用篾子将口封住,就算大功告成。蝈蝈笼可以随身携带,就像前门的老者那样,也可以连成一串挂在丝瓜架下。一串一串的蝈蝈笼挂在那里,那简直就是一道风景。

蝈蝈不仅聪明,而且勇敢。就在农历的八月十五中秋节前后,地里的庄稼收割殆尽,大批的蝈蝈相继死去的同时,一批新生的蝈蝈又在绿油油的麦田里苗壮成长。大雾落地为霜,大地萧杀,一片茫茫。听,又有蝈蝈在叫。左寻右找,发现一摊干牛粪,难道在牛粪里?仔细观察,牛粪上有个小洞,蝈蝈果然在里面。面对严酷的现实,蝈蝈依然鸣唱。

这就是蝈蝈,生命不息,鸣唱不止。我喜欢它。

2006 年 10 月 20 日　星期五

蝈蝈

走失的京巴

　　狗年已经走到了狗尾巴尖上了,而猪年却是姗姗来迟。二月十七号过年,多少年来也是少有的。更少有的是今年冬天是一个少有的暖冬,全球气候变暖,在欧洲和美洲更是几百年来所罕见。

　　冬天见不到雪的影子,鲜花却是处处开放。没有了大河长风的巧夺天工,也就没有了冰雕玉砌、冰悬天外的严冬奇观,壶口在我脚下依然咆哮奔腾。世界因暖冬而恐惧不安。因了狗年的这些奇闻异事,也就多了许多有关狗的话题。改革开放这些年,人们的生活水平那真是芝麻开花节节高,人们有钱了,生活富裕了,空余的时间也多了,于是男的女的老的少的穷的富的都养起了宠物狗。当下的中国,可能是狗的数量最多的历史时期。人的盛世,狗的盛世。狗的地位空前提高。

　　走失的京巴就是这暖冬里的一段趣闻。前些年的秋天,一天晚上,我正在家里看电视,朋友打来电话,说送我一只小狗,已经在楼下院子里了,我赶忙下楼去。朋友站在院子里,怀里抱着一只雪白的小狗，我接过来抱在怀里，表示感谢。就在这时，小狗仰起脖子伸出舌头猝不及防地在我脸上亲了一口，这就算是见面礼。

我把它抱回家里，放到地上，它像个雪球一样，跑遍了我的每一个房间。它大约三个月大，胖乎乎的，一身洁白的长毛，两只大而黑的眼睛像玻璃球似的凸出来，而那鼻子却是凹进去，没有鼻梁，只在上嘴唇处露出两个鼻孔。看它那张脸，典型的小丑形象。丑归丑，却非常讨人喜欢，老婆儿子都非常喜欢它。我给它起了一个名副其实的名字：狗狗。我用老婆的洗发香波给它洗澡，用老婆的吹风机给它吹干。从此，它正式成为了我的一个家庭成员。

狗狗给我们带来了许多快乐。每当我要上班出门的时候，它都会抱住我的腿，用嘴咬住我的裤子，不让我走。每当我下班回来，只要我的车进了院子，狗狗都会第一时间知道。我打开家门，狗狗都会第一时间从门缝里挤出来，在楼道里热情地迎接我。又蹦又跳，围着我转圈撒欢，激动得像个孩子。周末，我们都会带上狗狗去郊游。宝塔山、凤凰山、南泥湾，到处都留下了狗狗吐着粉红色柔软的舌头疯跑的身影。

那一年春节前，下了一场大雪。我们一家带着狗狗，冒雪驱车回申村过年。一路上白雪皑皑，冰天雪地。我们翻山越岭，险象环生。在吕梁山上，我们迷了路，走了一百多公里梢林无人区。高高的山顶上，北风呼啸，狗狗没在盈尺的雪地里，与雪融为一体，寸步难行。春节期间，大哥从长沙带回了三条犬，一只萨摩耶，两只京巴，姐姐从新乡带回了一只猫，还有一只大白鹅。大哥是个养狗迷，一只京巴养了二十二年，双眼得了白内障，最后老死家中。姐姐是位爱心人士，看到家属院里有流浪猫，她就拿吃的东西喂它们,结果先后收留了二十多只流浪猫。这个春节真是热闹,家里成了一个动物园。狗狗在申村度过了一个快乐的春节。

狗狗在我家生活了两年多,转眼到了狗年。儿子该上学了,狗是无论如何也不能再养了。为此,家里发生了激烈的矛盾。真是养狗容易放弃难啊。俗话说老马识途,狗通人性。狗狗似乎感到家里气氛不对,那几天,也不吃,也不喝,也不闹,闷闷不乐地趴在沙发上睡觉。经过几天的反复商议,最后达成一个折中的办法,把狗狗寄养到城郊的老乡家里,每个周末过去看一次。头几次,狗狗对我们还很热情,又蹦又跳,眼里含着泪水,守在大门口,看见我们有走的迹象,马上就跑到车跟前,围着车转圈圈,想上车,想跟我们回去。我们终究不能带它回去。后来,狗狗慢慢地对我们也失去了热情,看见我们就把尾巴夹起来,腰弓起来,头伸到地上,然后,慢慢地走开。狗眼暗淡无光。

一天早上,老乡打来电话,说狗狗丢了,是自己走的。我赶紧过去,果然院子空荡荡的,也缺少了往日的热闹。我们一起找遍了全村,找了一个星期也没有找到。就这样,狗狗丢了,再也没有回来。

2008 年 11 月 13 日起头,几易其稿,2014 年 12 月 2 日改定

逃离

三十二年前,在明月当空、万家团圆的时刻,我选择了逃离。逃离那个春天被饥饿包围,夏天被麦田包围,秋天被玉米包围,冬天被寒冷包围,年复一年没有变化、令人窒息的申村。

愁眉苦脸的月亮,像在碗沿上磕破了的蛋黄,挂在小院的树梢上,溶在浑浊的夜的蛋清里。月亮无精打采,有些虚脱中暑,面容憔悴。月光从院子里高高的钻天杨的树枝间困难地泻下来,像光、像影又像水,斑斑驳驳地在地上。

太阳早已退去了,而燥热一点都没退。热像一个无形的幽灵一样,从待割的玉米林里,从打麦场高高圆圆的像碉堡一样的麦秸垛里,从水洼池塘中,从村边水坑里的蛙鸣虫吟中,从收了玉米刚播下麦种的土坷垃里,一起拥挤出来,像浪一样涌涌不退,像水一样围裹在人们的身上。人们浑身是汗,擦不干,黏乎乎的一身。濡热,发着最后的淫威。

这是一九八二年的中秋。就在这样的酷热难耐之中,一家人围坐在一盘石磨周围,即将送别一个刚刚高考失利的青年。

细嫩的青年也是一身的臭汗,双手沾满了血渍。石磨像个大饭桌,立在当院里。母亲一会儿端来一盆蒸豆角,一会儿端来一盆煮玉米,一会儿端来一盆煮花生,一会儿又端来一盆蒸圆饦饦糖饼,那就是农家的月饼。父亲、喜哥、二哥、四弟、五弟一家人,围坐在石磨周围。晚饭开始了,有蒸的、有煮的、有馏的,各种美食的味道在空气中飘荡。二哥刚劳动回来,身上散发着草腥味和玉米秆的甜味,还有拌麦种用的敌敌畏的香味。当然还有汗味,还有老旱烟味,还有在泥土中蒸发出来的驴尿驴粪味。这味道混合在一起,挥发在碾盘周围,形成一个浓烈的农家中秋的味道。

高考的失利,对于一个农家青年打击无疑是挺大的。他整天闷闷不乐,埋头干活。他的生活没有了方向,没有了目标。他不知道将来该怎么办?他不甘于像父辈一样当一个农民,但又无能为力。他很无助,他只有用沉重的劳动来麻木自己,来惩罚自己,来折磨自己。可是祖祖辈辈都是农民的父亲并不这么想,他们想得很简单,考出去当然好,考不上就回家种地,谁还能剥夺了你修理地球的权利!当在外地当兵的大哥来信说可以到他那里去复读的时候,青年的心倏地已经飞了,已经飞到了遥远的地方。他要到城里去,通过复读,改变自己的人生命运,去过上城市人的生活。因为这青年再也不想顺着祖辈父辈开出来的犁沟朝前走了。他要跳出这条深不见底、苦不堪言的犁沟,变一种活法。

社会大变革已经开始了,人口的大流动大迁徙已经开始了。这是一个史无前例的历史大潮,潮头已经立起来了。这个青年学生已经敏锐地感觉到了这一点,他的内心,已经不再安分。

一家人围着石磨一边吃饭,一边聊天。喜哥就拿出了一张亲手绘制的西安地图。他说从西安火车站出来，顺着解放路向南，一直走到大差市，到大差市向西沿着东大街一直走到钟楼，到钟楼向南沿南大街一直走到小南门。小南门有一个长途汽车站，到那买票就可直接到达延安。喜哥怕我迷路，可我对此不屑一顾，我就不信一出门还把一个高中生给丢了。

　　有一个话题绕不开，又不好说，不好说又绕不开。最后还是父亲说了："你拍屁股走人，那你个人的事怎么办？去了考上了还好，万一没考上，你还怎么有脸回来！你要考虑好。"正说着，明爷来了。月光下，明爷的脸拉得很长，像是结着一层霜。父亲说："他明爷来了？快坐，吃饭。"父母殷勤地招呼着明爷。明爷是我们本家，到我这辈刚好五服。三个月前，明爷看得起我，给我说了一门亲事。对方还是邻村支书的女儿，属高干子弟。明爷说："说走就走了？申村待不下了？看这事儿弄得，我都没脸给人家说，人家可是有头有脸的人物。"老父亲憋不住了，把自制的很呛人的老旱烟往磨盘上一扭，"你倒是说一句话，是走是留你说上一句。"因为这是一个人生的重大抉择，后果严重，前途未卜，所以，本来就胆小不爱说话的青年，更是咬紧牙关，一声不吭。其实他早已下定了逃离的决心，他要背水一战，无论成败，他只是不说而已。父亲生气了，说："三棍子打不出个响屁来。"这是一句气话，也着实是一句伤人的话，伤人还带着文学的色彩。明爷说："看来走已成定局，那就算了吧。"明爷走了，走进了深深的胡同里，留下一个无奈的背影。

　　四面土墙围起的小院里，栽满了钻天的杨树，树冠如盖，遮住了这一方天地，无论白天还是晚上都显得阴森森的，有些怕人，特别是夏秋的夜晚，如果是阴天夜黑头，如果有雨、有风，那就更加怕人。早几年我和爷爷晚上在这里住，后来父母也搬了过来。所谓的门只是在土墙上打开的一个小小的豁口而已。为了挡鸡鸭猪狗，在豁口处栽上三五根木桩，再拿一根横木，用麻绳往一块一绑，形成一个一尺多高的栅栏。人们进出要抬起脚从上面跨过去。再用木棍、柳条编一个柴笆，白天搬开靠在墙边，晚上搬来就把豁口堵住，这就是文人墨客吟诵了千百年的柴扉。那时候，我家的门口就是这样的具有文学色彩的柴扉。

院子西北角上，建了两间土房，基本上是土房，最下面可能还有几层砖，其余全是土坯，用麦草泥一裹。在高大的杨树林里，房子显得更加低矮。房东山有一块空地，那时二哥在那练拳，我在那学习。晚上拉一张用麦秆织成的草帘子在那睡觉。旁边有一棵老柳树，老柳树后来解了板给爷爷做了棺材。柳树下边有一窝瓜蒌，每到春天就发芽抽藤，顺着柳树的身体攀爬而上，夏天就开了白色的花，结上了绿色的状如甜瓜的果实。秋天果实成熟了，就变成了橙黄色，像灯笼一样三五十个挂满了枝藤，很是好看。瓜蒌从皮到籽浑身是宝，包括瓜蒌根部都可以入药。我只在这个小院见过瓜蒌，其他地方至今也没有见过。

夜深了，人都走完了，我一个人呆坐在石磨旁，用手抚摸着这盘古老的石磨。这磨上有麦子的味道，有玉米的味道，有小米的味道，还有盐的味道，那都是日月的味道。我知道我的祖祖辈辈，我的爷爷的爷爷，他们都曾经围着这盘石磨，年复一年地磨米磨面，磨日磨月，磨风磨雨。他们一代又一代都没能走出这个磨道。他们在这盘磨旁出生又在这盘磨旁死去。一九七七年正月二十二日，我八十二岁的奶奶去世，一九七八年正月十一日我五十六岁的大爷去世，一九八〇年十一月二十七日，我八十岁的爷爷去世，他们从生到死都没有远离过这盘石磨。屋漏偏逢连夜雨，贫病交加逼人急，那是怎样的艰难困苦的月岁啊。我不敢想，一想就怕。

我拉了一张草帘子铺到老柳树下的空地上去睡觉。邻家的鸡热得不进窝，晚上就飞到树上乘凉。鸡都叫了三遍了，我还睁着眼睛没有睡着。脑子乱乱的，胡思乱想。

我娘说我是下午太阳快落山时出生的，就在南院西屋的土炕上。那时候太阳红彤彤的，红了西边半个天。邻家保生娘，我该叫老奶奶，说我小时候胖墩墩的，招人喜欢，有福相。十来岁还在上小学的时候，学校放伏假，跟着二哥去邯郸市郊拉炭泥。去时空车，我拉，回来时重车，主要是二哥拉，我在前头拉一根绳。一百多里地。脚上起了泡，钻心疼。那是秋天光景，夜里路两边的庄稼地里蝈蝈声一片，四五辆排子车，排成一溜，一辆车两个人。一人拉车，一人在车上睡觉，夜晚都不说话，埋头赶路，天亮到洗煤厂装车。装一车五块钱，随便装，只要你能装下，只要你能拉动。人跳到炭泥坑里，把带水的炭泥翻到路上，再装到车上，车上前后都上了车笆，狠劲儿地装，有时把车胎都压爆了。

村东头的麦场边有一块地，白天玉米收割完了，晚上，我和二哥一人一把铁锹去挖地，晚饭后开始一直挖到天亮。脚底板肿疼，起泡，左脚踩不成了就换成右脚踩。往回走时，一瘸一拐，像个败兵。

家里开了一个代销店，我和二哥套上毛驴车去河南内黄县拉盐，把大颗粒盐拉回来，在磨盘上碾碎，放到自家开的代销店去卖。天不亮就起身，披着满天星星回来。

麦子熟了，和大人一起去割麦子，麦田一眼望不到头，大人都割到头了，我还没割到地中间，像个尾巴一样落在后面。割一会儿站一会儿，腰都直不起来了，说腰疼，大人说胡说，小孩哪有腰！因为"腰"同"夭"，不吉利，不让说。

冬天住在双开中学的宿舍里，四面透风，一尺高的大通铺上睡满了人，翻个身都困难。晚上起来尿尿，尿完了就没有自己睡的地方了，只好硬往里挤。一个星期的干粮到处放到宿舍里，尿罐就在头前的脚地上，空气污浊，臭气熏人。天不亮就到教室，一人一个煤油灯，教室里五十个人，五十个煤油灯，都是自制的，各式各样，全都冒着黑烟。天亮后，每个人都是黑脸黑鼻孔。教室里飘荡着呛人的煤油的烟味。

我家原来住在南院，二哥结婚了住了南院，父亲才搬到了现在这个小院，这里叫后院。南院养了三窝兔子，地上挼个圆坑，用半砖砌上一尺来高，叫兔子井。每天放学都到地里去割草。下雨天，地里去不了，就到村边的杨树柳树上砍树枝。

春天青黄不接，家里没有吃的了，胃病十分严重的父亲借个自行车，跟人家一起去一百多里外的河南内黄一带驮红薯干、红薯渣或是细米糠。

我胡思乱想了一夜。天还没亮，母亲起来给我做饭。父亲起来了，拿来攥成一把的钱，钱上全是汗，说是三十二块钱，是剁麦子、卖鸡蛋攒下的，全拿上吧。我吸干了家里的血汗。吃完早饭，用网兜带上我的书。二哥骑自行车把我驮到双井路北边的汽车站。二哥说我临上车时还表了决心。从此，我逃离了后来让我日思夜想，一次又一次顶风冒雪不停回归的家乡。

2014 年 7 月 30 日中伏天

麦熟端午节

　　每到端午节,麦子就由绿变黄,由浅黄变金黄。中原大地由东向西,由南向北渐次进入了麦熟时节。太阳起得早,睡得迟,逆光看那麦田,麦芒就闪着碎金碎银般的光泽,像一根根斜插在麦穗上的金针银针。风乍起,吹皱万亩麦浪,麦浪间似有金属之声,叮当作响。麦子的香味早已在麦粒中孕育,在麦垄间弥散,在麦芒尖上蒸腾,在空气中聚合飘荡。

　　麦子熟了,农人笑了。大早起,站在麦田里,披了一身霞光,手搭凉棚极目远望,麦浪伴着黏稠的热浪滚滚而来,眉宇间便掩饰不住喜悦。收麦是这个时节的主旋律,这主旋律在每一个农人的心中弹拨鸣响,像风,像麦浪,从心头滚过。深深地吸一口麦田的味道吧,朋友,那你肯定就醉了。因为那是泥土的气息,是汗水的味道,是家乡的味道,是收获的希望。

　　青黄时节,我要去一个叫申村的地方。申村对我来说是世界上最美的地方,那里是生我养我的一方热土,那里有我的亲爹亲娘,那里有我可亲可敬的父老乡亲,那里有我的童年、少年。

只身在外，那儿时的种子，时不时在我的梦里发芽、摇曳。那麦芒，幻化延伸出一条又一条的丝线，拉扯着我一次又一次回归。

　　此时的申村，淹没在金色的麦浪里，向东向西向南向北，无论你向哪一个方向走上七天七夜，全都是麦浪。只有道路，只有田埂，只有碧波荡漾的东风渠两岸笔直的杨树把麦田分割成或长或方或大或小或规则或不规则的一块又一块的麦田，像棋盘。麦田小的有几亩，大的有几十亩、几百亩、几千亩。麦田间偶尔也会有一棵两棵高高的圆圆的蓊蓊郁郁的老柳树，撑起一把绿伞，遮住一片绿荫，招来一群小鸟，抖出细细的凉风。远远望去，那老柳树像一面绿色的旗帜，那旗下一般都是一块坟田。中原大地的农人生在麦田里劳作，死在麦田里守望。改革开放前，多数申村人没有走出过申村，没有走出过麦田，对外面的世界一无所知，我的父亲就是这样一个人。

　　八十岁的父亲腰已经弯成了问号的形状。上世纪的四十年代中期，日本人占领了华北，占领了申村，把只有四百口人的申村从中间南北挖了一条沟，东西分成两段，东半个村子又南北一分为二，北边是地主申万世的老宅，成了日本兵的兵营，南半部分成了日本兵的操场。日本兵在操场里出操、跑步、刺杀、射击。操场东南角有一片坟地，有墓碑，日本兵就在那里朝石碑射击。父亲说日本兵的子弹像雨点一样多得射不完，枪声像炒豆子一般。父亲还说不像八路军，八路军晚上来了，白天跑了，腰里别个用红布包着的笤帚把，肩上斜挎一条装满一截一截高粱秆的子弹袋，哗啦哗啦响。八路军动员群众发动群众，根本舍不得打枪。父亲说那时候我家里就住过八路军的交通员，晚上来，白天走。日本兵来了，村上成立了维持会。维持会长惹不起日本人，但暗地里也为化妆成便衣的八路军办事。日本兵营里有时夜里放电影,维持会长带着便衣八路军就和老百姓一起进了日本兵营。老百姓恨日本人,又惹不起,就在兵营里拉屎拉尿。日本兵开运动会,叫乡民们也参加。操场上用白旗、黄旗标出了一圈跑道。七八岁的父亲竟跑赢了日本兵,得了第一名。从此父亲得了一个小名,叫"风儿"。在以后的岁月里,乡亲们有的叫他风儿哥,有的叫他风儿叔,有的叫他风儿爷。日本人对中国不仅武力侵略,也进行文化侵略。不仅对中国人狠,对他们自己人同样也狠。日本挨了两颗原子弹,投降了。撤离申村的前夜,兵营里杀猪般的嚎叫,冒出浓浓的黑烟和恶臭。第二天一早,人们才知道,日本人逃跑了,由于伤残的日本兵成了累赘,所以,他们在夜里架起门板、房梁,浇上汽油,把伤兵架上去一把冲天大火全烧了。这是我父亲亲眼看到、亲耳听到的,他一次又一次地讲给我们听。见过日本兵的父亲,六十岁以前从来没有走出过申村,没有走出过麦田。

父亲闲来多次讲过一个故事:新中国成立后,他为生产队喂牲口,那牲口被喂养得膘肥体壮,骡马成群,远近闻名。夜里,村里一个白胡子老头,山羊胡子一尺多长,手里架着鸟笼子,迈着阔步来到场院里说:"北京去过没有?"父亲及众人都说没有去过,北京有千儿八百里地,那么远,谁去过。老头说,北京城里有一条胡同,胡同两边全是店铺。那里住的不是人,住的全是仙家。店铺里要啥有啥。寒冬腊月,滴水成冰,可那里摆满了新鲜蔬菜,样样齐全。大冬天,穿着棉裤棉袄,戴着棉帽子,袖着手在胡同里走。问有黄瓜没有?人家说没有。你刚走过去,一转身那人就不见了。你回头往回走,店铺里就摆满了黄瓜,那黄瓜新鲜得呀,顶花带刺儿。父亲说现在知道了,那是哄人哩。那时没出过远门,谁知道外面的世界是什么呀?说什么都信以为真。

现在申村常住北京做生意的、工作的不下几十人，去北京已经是家常便饭，串门儿一样。改革开放了，社会进步了，人们的眼界才开了，知道了外面的世界，不只知道中国，还知道外国。父亲又说那个南海，那个南海呀，那是中国的，现在不是有人在那儿闹事吗？中国不是有航母了吗？开过去！

当了二十年村长的二哥告诉我，申村现有户籍人口二千二百九十三人，有六七百人长期在外地打工，很少回村，还有二三百人闲时打工，忙时回家。和中国的其他乡村一样，申村萎缩、空心、宁静，宁静得似乎只有房后杨树柳树上的风声和鸟鸣。

两条胡同，中间相通，形成一个"H"型。胡同里原先住了二十户人家。三十年前，胡同里进进出出全是人，每家都有六七个孩子，算起来，两条胡同里大概有百十口人。每到早中晚吃饭的时间，大家都端着碗坐在胡同两侧自家门口吃饭，稀饭喝得呼噜噜响。现如今二十户人家只剩下八户了，每户二三口人，都在六十岁以上。就是这八户人家，不出十年，老的老去了，剩余的人也将往城市去居住，包括喜哥和二哥。因为他们的孩子们早已成了城里人。外面的世界毕竟精彩，走出去的十二户人家，在北京、天津的居多，山南海北也有。人走了，院落荒了，野草没膝，院墙也没了，房屋也倒掉了，只留下那坍塌的院墙和房屋的根基，表示着这户人家曾经的存在。有的父母去世了，过周年、三年必须得回来，回来了，站在荒草丛生的院子里，久久地傻看，涕泪交流。你说人这是为什么呢？

我的爹娘住在胡同的最北头。大门朝西开向胡同，一溜五间坐北向南的房子，起了平台，高出地面一米，加了不锈钢的走廊，虽不奢华却有气势。房檐下、走廊边，栽种着四棵柿子树，一棵鸭梨树。秋天，树上结满了红红的柿子和落地就碎的鸭梨。

对这几棵树，父亲很满意。院子用青砖铺地，院子的南面就是喜哥家的堂屋。高高的后墙上爬满了爬墙虎，碧绿的叶子一层一层地从空中扑下来。风起了，哗哗地吹绿了一墙的新叶。老家的天，凌晨四点钟就基本亮了，太阳一冒花，就照进了我家的院落。你睡在床上，能听见多种鸟鸣，就在屋后的杨树柳树上，隔着窗户甚至能看到它们在树枝间跳跃、追逐、嬉闹。喜哥家的房脊上，也满是蹦蹦跳跳的鸟儿。有一种神秘的鸟，在申村上空不停地叫着，样子像燕子，个头也像燕子，但比燕子修长些，灰色，飞姿像鹰。它一来一叫，农人不用下地看就知道麦子该割了，高粱该锄了，因为它的叫声是——"光棍打醋，光棍打醋，麦子该割，高粱该锄。"端午前后的十天半个月，它就这样不知疲倦地昼夜劝农。麦子收完了，它就走了，来不知来处，去不知去向。爱人家在关中，她说关中也有这种鸟，但不是"光棍打醋，光棍打醋"，而是"边黄边割（音坡），边黄边割（坡）"。关中人把割不叫割，叫坡。割草不叫割草，叫坡草，割麦也不叫割麦叫坡麦。五黄六月，不管是哪里人，听到的鸟叫都是盼黄盼割。盼黄盼割那也是过去时了，过去稀里胡拉地种那一点麦子，亩产还不到二百斤，却要收割上十天八天。磨短了镰刀，割弯了老腰。现在，大型收割机三两天时间就收完了，麦子在地头交易完毕，收回来的可能不是麦子，而是齐刷刷的人民币。

　　夜深了，燥热一点点退去，风从房后的杨柳树上怯怯地下来，细细地扑进院子里。我又想起了一句麦熟时节的老话："五月麦子不可留，留来留去减半收"。这句谚语告诉你，进入五月，麦子就熟透了，既不能经风也不能见雨，经风落地，见雨发芽，得赶紧收，赶紧扬场归仓，迟了眼看到嘴的粮食就会落地发芽，毁于一旦。所以，过去收麦叫龙口夺粮，又叫抢收。一个抢字,道尽了麦收的紧张和艰辛。但是这句老话还有后半句:"姑娘大了不可留,留来留去把丑丢"。我想这后半句话,多半是媒婆说的。

两条胡同的最南头,临着申村东西一条大街,那里现在住着二哥一家。二哥家的一部分原来是二奶家,另一部分就是一个媒婆家。这是申村著名的媒婆她给我们兄弟说媒,一个也没有说成功,于是怀恨在心,说了我家不少坏话。申村西头路南好像是胡同东侧,住着一户人家。小时候路过那里,心中总是一阵紧张一阵神秘,那个用土垒成的窄窄的小门楼,两扇小门紧闭,好像从来就没开过。我们有时也侧着身子趄着肩膀向里看,也没看出一个究竟来。听大人说,那家里有个姑娘,跟人家私奔了。什么是私奔?年龄小不知道。但知道全村人都瞧不起这家人。多少年来,这家人在村人面前都抬不起头来,这不正中了媒婆之言吗?令人想不到的是,改革开放后,自由恋爱大行其道,媒婆吃不开了。以前媒婆可以当饭吃,现如今媒婆多是行善做好事罢了,牵线搭桥,成人之美而已。

回申村时,正遇端午节。华北平原盛产麦子和玉米,并不产粽叶和江米。小时候过端午,家里有条件的就吃几个饺子,而大多数人是条件不好的,端午节也就不过自过了。现在条件好了,老父亲拍着肚子嚷着想减肥,但多数人家过端午还是吃饺子,吃粽子的也只是在集市上买几个。二哥说,该割麦了,忙得像啥样儿似的,哪里顾得上过端午?这大概也是家乡人不过端午的又一个原因。麦熟端午节,坐在申村这个种了柿树、梨树,墙上爬满了爬墙虎的院子里,抬头仰望,深邃的天空里镶满了星星,像一粒粒金色的麦粒洒满了天空。那只神秘的鸟又在叫了:"光棍打醋,光棍打醋……"

莫言笔下的高密东北乡离申村有几百公里之遥,但我一直认为高密东北乡就是申村,申村就是高密东北乡。莫言就像我的隔壁大哥。因为他笔下的景色人物言语风格,无一不是在写申村那样的农村,那样的农民,那样的年代发生的那样的事件。尽管他营造了一片又一片一望无际的高粱地,但那是麦收之后才长出来的高粱。我去过高密,那里的麦田一直连着申村的麦田,地头连着地头,也是一望无际的金黄……

雨水

　　"七九六十三，行人把衣宽"父亲戴了老花镜，手里拿着一张刚刚扯下来的日历，佝偻着身子走到我的近前，很是认真。"今天是雨水，雨水节气一过，春雨就该来了，天气就该转暖了，你妈的身体也该好起来了。"父亲说这些话的时候好像心情很好，幸福的眼神透过黑框老花镜的上沿盯着我。

　　正午的阳光从宽大的玻璃窗射到堂屋里，照在父亲的身上，大半个房间里都是阳光。我接过日历一看，是二〇〇八年的二月十九日。

　　阳历纪年年深日久，早已深入人心，而阴历纪年渐渐被人遗忘，只是在春节、端午节、中秋节等几个特殊的时间点偶尔被人们记起。可我喜欢阴历，阴历中有温暖，阴历中有亲情，阴历中有记忆。

　　妈妈睡在床上，吊着液体，身体十分地疲惫，精神状况也很差，闭着双眼。头发花白稀疏，由于体弱多病，长时间卧床不起，看来头发已经有好长时间没洗了。我用一把杨木梳子给她轻轻地梳头时，梳子上就粘了好多头发，那头发枯草般灰暗，没有一点光泽。妈妈年轻时是很漂亮的，皮肤白皙，一头乌黑的头发。即使到了晚年，妈妈的气质也很好，花白的头发，戴上老花镜，从侧面望过去，像个退休的老干部，或是退休的老教授。其实妈妈没有上过一天学，有人说她像冰心。雨水节一过，春雨就来了，万物就复苏了，妈妈也该好起来了。

以上文字算是二〇〇八年三月十日记下的日记。今天读来，仍然令我感动。那一天是二月十九日，是农历戊子年也就是鼠年的正月十三。父母在家就在，父母在哪里家就在哪里。记录与父母在一起的点点滴滴那是多么幸福的一件事啊。我觉得我很幸福。

日如穿梭，又六年过去了，我们和父母又幸福地生活了六年，尽管经常担心，尤其害怕晚上老家来电话。家里人也知道我的担心，所以不是万不得已，晚上是不会给我打电话的。非要打电话时，也是先报告家里没事，父母也没事，然后再说有啥事。

二〇〇七年的秋末冬初，在最危险的时候，家里把在长沙工作的大哥都叫了回去。家里怕我担心，怕我耽误工作，没有通知我。那时母亲病得非常严重，一方面是脑梗，要活血，另一方面是眼底出血，要止血。选择用什么药都已经非常困难。喜哥、大哥、二哥、四弟和父亲，家里人共同商议，从好处着想，做好最坏的准备。也许是喜哥、大哥都是医生，对妈妈的病情有长期的治疗经验，也许是妈妈一生行善积德，大福大贵，也许是妈妈还不忍离开我们，经过一段时间的精心治疗，妈妈又奇迹般地活了过来。二〇〇八年的春节，我们家又过了一个阖家团圆的春节。

妈妈一岁多就失去了母亲。好在后来的姥姥对我妈妈好，就像对自己的亲生女儿一样疼爱有加。妈妈的爷爷，也就是我的老姥爷叫曹换斗,是张辉屯村九条街的大村长,也是张辉屯的名人。他经常把我的妈妈架在脖子上,走街串巷,所以,我妈妈也成了村子里的小名人,大家都知道她是曹换斗的孙女。

除了姥姥、姥爷、老姥爷呵护我的妈妈以外,还有双井东街我的姑姥爷和姑姥姥,那是妈妈的姑姑和姑父。他们不仅对我妈妈好,对我们弟兄也非常好,特别是对我的二哥还有救命之恩。姑姥爷姓马,是做大糖生意的。他做的大糖在双井非常有名。大糖就是麦芽糖。小时候我们弟兄几个经常到姑姥爷家去住,而且我们都愿意到那里去住。二哥小时候从外边拣了一个圆形的铁片儿,放到嘴里玩,结果不小心卡到了嗓子里,时间过去了四五十天,吐不出来咽不下去,乡上县上所有医院都没有办法。眼看着二哥的小命就完了,姑姥爷来了,对我妈妈说,邯郸大医院兴许有办法。二十世纪六十年代初,家里穷啊,一是没有钱,二是没有扛硬人,去邯郸看病那几乎就是不可能的事情。姑姥爷说,实在不行我领上去吧,孩子的命当紧。姑姥爷拿上钱,带上我父亲和我二哥去了邯郸。邯郸到底是大地方,几天后,铁片取了出来,二哥得救了。

莫言说故乡就是血地。我说故乡就是一团麻,说不清,理还乱。说不清理还乱的地方就是故乡。没想到一篇雨水的文章竟牵出如此多的旧事来。

大约是一九五〇年,麦收之后,我们家套上四角牛车,车上搭一个席棚,把妈妈娶进了家门。就是现在侄儿振强住的地方,那时候只有两间低矮的小东屋。送亲的亲戚看了这个破家,眼里流露出不屑的目光。认为母亲嫁了一个穷家。半个多世纪了,我的妈妈和那个时代天下所有的妈妈一样,经历了战争,经历了运动,贫病交加,没有享过几天福,反而受了无数的罪。改革开放后,我们的国家才一天天走上了正轨,人民的生活才一天天地好了起来。到现在,我们的家庭情况已今非昔比,母亲在我们一大家人的照顾下正在幸福地安度晚年。

再有几天,就过年了,过了年,妈妈就八十五虚岁了,这真是一个奇迹。我们不奢望妈妈长命百岁,妈妈能够再活三年?五年?我们就会激动得失声痛哭。妈妈加油,我们一起努力。

2014 年 12 月 31 日

妈妈的教育观

妈妈属羊,今年准确的年龄应该是七十八岁。这是我们向梅老姑和三舅等几位老人多方求证得出的结论。可我们给妈妈过生日一直是按属猴过的,比实际年龄小了一岁。

妈妈没有上过一天学,不识一个字,连自己的名字都不会写。可我觉得妈妈是个教育家,她数十年如一日呕心沥血对一个家族进行教育,对子孙几代人进行教育。使一个家族成为方圆数十里人人仰慕的好家庭。

以上文字是二〇〇八年三月四日上午十一时所记的日记。妈妈如果真是属羊的话,那她就是一九三一年辛未年生人,二〇〇八年应该是虚岁七十八岁,今年(二〇一四)年虚岁应该是八十四岁。在妈妈一岁多的时候,就失去了母亲,她的生母是双井西街人,姓连。那时候姥爷家条件还算可以,老掌柜给姥爷弟兄三个分家时,我的姥爷还分得一百多亩地,土改时被定为中农。不久,姥爷又娶了一个姥姥,姓母,张辉屯母街人。姥姥对我妈妈非常好,视同己出,疼爱有加,对我们一家也是非常关心，特别是对我们弟兄几个更是呵护倍至。妈妈经常给我们讲，姥姥比姥爷小十七岁。在妈妈的亲事已定但还没有娶来我们家之前，姥爷姥姥就在我们村东地给我们家买了十六亩地，只是不久土改就开始了。十六亩地我们家一天也没种过。从小呵护妈妈的还有妈妈的爷爷，还有双井东街她的姑姑和姑父等众街坊亲戚。

妈妈没有文化，她不可能讲出多少高深地道理。但妈妈是一个明白人，是一个懂得人情事理的人。她在自己童年的不幸遭遇和自己的成长经历中受惠于人，从而体察到了人间亲情和人间温暖。因而对家庭和睦、弟兄团结、与人为善这样的传统美德有了更深刻地理解和认识。妈妈是个知恩图报的人，家人、亲戚、邻居对她的好处妈妈都一一记在心上，一刻不曾忘记。所以妈妈终其一生，都在对我们进行家庭和睦教育、弟兄团结教育和与人为善教育。和睦团结友邻教育是妈妈教育观的灵魂和核心内容。就像树的根和干，立在那里，人具备了这三条才具备了做人的基本条件。

妈妈喜欢人多，喜欢一家人聚在一起热闹。妈妈说家庭不和让人笑话，弟兄不和遭人欺负，邻里不和遇事没人帮衬。为了达到她的教育目的，她可以把她的这些朴素的观点讲一千遍、讲一万遍、讲数十年、讲半个多世纪。真正做到了时时讲、事事讲，做到了天天讲、月月讲、年年讲。

妈妈除对我们进行和睦团结友邻教育外，还教育我们做人要诚实，干事要认真，学习要用功。如果说和睦团结友邻是妈妈想让我们立起来的话，那么，妈妈是想用诚实、认真、用功让我们跑起来。人不能只是立起来，还要走起来跑起来。妈妈教我们要记得别人的好处。妈妈教育我们为人处世别怕吃亏。妈妈教育我们做人要谦和。妈妈教育我们不能浪费。

妈妈的教育观不仅有内容,有方法,而且身体力行。我们在外工作,常年不在家,逢年过节只要我们一回去,妈妈就会一遍又一遍地对我们说,这件上衣是谁买的,这条裤子是谁买的,上午谁送的米谁送的面,下午谁买的鸡谁买的鱼,包括谁给她做的饭谁给她洗的衣,谁给剪的指甲洗的脚,妈妈都会当着家人说清楚。不是说清楚,而是一遍又一遍地说清楚,随着年龄的增大,这种情况近乎唠叨,近乎老年痴呆。但只有我们知道妈妈的良苦用心。我们回家难免带点儿吃的和用的礼物,背过人去,妈妈就会一遍又一遍地问有没有这个的,有没有那个的,直到弄清楚她认为应该得到礼物的所有人都得到礼物时,妈妈才会夸你:"这事办对了。"子孙多了,难免也有个别不太听话的,其他人见了都是收拾批评,眼黑见不得,只有妈妈耐心教导,从不发火。遇到这种情况,她就会说:"谁说孩子不听话,孩子可听话啦,叫干啥就干啥。"孩子受到了表扬,果然听话,叫抹桌子就抹桌子,叫搬凳子就搬凳子。"好了,好孩子,真听话,玩去吧。"妈妈总是这样说。就这样,再不听话的孩子到了妈妈跟前也都变成了听话的好孩子。

妈妈教育我们不厌其烦终其一生;妈妈教育我们循循善诱见缝插针;妈妈教育我们赞美表扬极少批评。在她的教育下,我们这个家庭由一家变成两家,由两家变成二十多家,人口也由几口增加到近百口。在她的教育下,我们这个家庭也由积贫积弱变得兴旺发达,而唯一不变的是家庭和睦、弟兄团结和邻里友善。

普天下的母亲都是伟大的母亲,但不厌其烦穷其一生对一个家族进行半个多世纪的有目的的教育,我的妈妈无疑是成功的是优秀的。如果要有家训的话,我想把妈妈践行一生的教育观总结为十二个字作为我们的家训,那就是:和睦、团结、友邻、诚实、认真、用功。

2015 年 1 月 6 日

姥姥的小屋

姥姥的小东屋低矮破旧,似塌非塌,孤零零地像个老人立在那里,已有八十多年了吧。经风历雨的门框已经朽蚀,纹理模糊,像一张张苦难的脸,叠加在一起。门框上的刀痕清晰可辨,那刀痕张着嘴,诉说着如烟的往事。

历史不堪回首。

二十世纪四十年代初,姥姥家来了日本兵。农历的十月初八早上,天还没有亮,拾粪的老头拿起铁锨挎了背篓到村外去拾粪。他就发现村子周围的麦田里多了一堆一堆的东西。是粪堆吗?他往前走着就发现了刺刀上的寒光。他感到事情不好,转身往回走时,日本兵的枪就响了。老头第一个死在了日本兵的枪口之下。日本兵包围了整个村庄,枪炮声震耳欲聋。

姥姥家所在的村子叫张辉屯,很大,有九道街,几千人口。姥姥家就住在村子东北角的曹庄村。曹庄有一个大户叫曹万玫,自封为曹团长,有两个营的兵力,是一伙地方武装,控制了方圆数十公里的地盘,收税收租,发行货币。国民党要收编,曹万玫没有答应;共产党的地下人员做他的工作,他也没有答应。日本兵占领了中原地区,到处修碉堡建炮楼。曹万玫的地盘受到了极大的威胁。一天,曹万玫的部队袭击了日本兵的一个小队,据说打死日本兵三十二人。事后,日本兵为了报复曹万玫,进行了长时间的准备工作,从安阳、邯郸等地调集重兵实施包围。有共产党的地下工作人员向曹万玫通报消息,曹万玫刚愎自用,不仅不听反而杀死了向他通风报信的人。杀了报信人的第二天,日本兵就团团包围了整个村庄。假如,假如曹万玫当年与地下党联合起来;假如曹万玫当年得到情报后认真准备。那他的人生将为之改写,整个村庄也不至生灵涂炭,血流成河。

我们没有理由苛求前人,历史没有假如。

近七十年了,妈妈一遍又一遍地讲述这段历史。那年妈妈才七八岁,机关枪、大炮响成一片,窗户纸都震烂了,房顶上的土泥直往下掉,地都在动。妈妈说枪炮声响了好长好长时间才停下。姥爷开门到街上去看,好多房子被炸塌了,有的房子着了火,到处冒着烟,街上已经死了好多人。乡亲们惊慌失措,不知道发生了什么事,也不知道往哪里跑,有的人开始救受伤的亲属,有的往回抬尸体,乱糟糟的,哭声一片。这时候,日本兵就进了村,也不再开枪,端着刺刀,见人就刺。猪狗鸡鸭也不能幸免。妈妈回忆说,日本兵很可憎,把家里的水缸、饭锅、油罐全都捣烂,把大便拉在酱缸里、面瓮里、饭锅里。门框上的刀痕就是日本兵砍下的。日本兵砍杀累了,就把乡亲们集中起来,赶到村边的水井旁,将活人一个接一个地推入井中,直到把几口水井填满为止,最后还在上面压上大石磙。就在日本兵滥杀无辜的时候,曹万玫两个营的兵力作鸟兽散。曹万玫骑上快马,带了几个随从朝着枪炮声最弱的西南方向逃去。但他不知道西南方向正是日本兵的埋伏圈。在魏县南长兴村小庙旁，曹万玫遭日本兵伏击落马身亡。时年二十四岁。

死亡笼罩着整个村庄。日本兵将整个村庄荡为平地，杀死无辜村民三百余人，杀伤无数。几乎每家每户都有死伤的亲属，仅姥爷的父辈弟兄侄儿中就有六位亲属被日本兵杀害。妈妈说三百多条人命让日本人杀了，无缘无故地死了，那都是冤魂啊！总得有口棺材吧，可是，几天时间要弄那么多棺材是容易的吗？都一个月了，死人还没有埋完。村外地里多了一座又一座的新坟，引魂杆高高地伸向空中，风呜咽着，纸钱漫天飞舞。为了祭奠亡灵，村民就把那一天定为会期。每年到了那一天亲戚朋友都来赶会，共同追思屈死的亡灵。这会一直延续至今，还将代代延续下去。由于村上死人太多，村民把怨气撒在曹万玫身上，直到今天。曹万玫究竟是不是抗日英雄，至今没有定论。他的子孙至今都在讨要说法。曹万玫是河北省立大名十一中学毕业生。在那个战乱的年代里，他变卖家产，组织武装，发行货币。在日本人进犯中原后，面对强大的日军，他没有胆怯，更没有投靠日军，而是与日军作战，从这一点上看，曹万玫是一个有骨气的中国人，不管他打死了几个日本兵，哪怕是打死一个，他都堪称抗日英雄。

小时候每年都到姥姥家去赶会，每年都能听到这段历史，然后就跑到姥姥的小屋门口，用手去抚摸那一道一道像嘴巴又像眼睛的刀痕。一晃七十多年过去了，但那嘴巴合不拢，那眼睛闭不上。姥姥已经去世五年了，终年八十岁。那年春节我去给姥姥上坟，之后又拜谒了姥姥的小屋。烟熏火燎，黑漆漆的小屋盛着我的童年,现在已经废弃多年,人去屋空。我俯下身子,再一次去抚摸那刀痕,像是抚摸一个流血的伤口。

门口的老枣树默默地守在那里,一言不发。

2006 年 11 月 6 日　星期一

老驴祭

　　写一篇祭文,不为王侯将相,也不为才子佳人,只为一头家驴。我要为一头驴作祭,而且这种想法由来已久,不能释怀。

　　老驴生于公元一九八〇年,社会大变革的初期,出生家庭不详。老驴默默无闻,一生无名。它一九八一年农历四月初八来到我家,在我家服役二十二年,生六子,劳苦功高。公元二〇〇三年离开我家,去向不明,不知所终。老驴亲历了农村改革开放的头二十年,也见证了一个家庭由衰败走向复兴的历史。

　　二十世纪七十年代末,中国开始改革开放,农村实行联产承包。农村集体的土地按照上中下三等分给每家每户,每家都有好地,每家都有差地。平均一家可以分到七八块,十来块好坏不等的土地,小的几分,大的一亩。我家就分到了这样的土地。土地一旦到了农民自己的手里,那农民就会把所有的希望、所有的热情、所有的理想、所有的一切全都倾撒在土地上。农民渴盼能够拥有自己的土地。农民为土地可以披星戴月,把汗珠子摔成八瓣砸进泥土。土地就是农民的命根子。大集体解散以后,农民一家一户各自安排自家的农事，再也不需要人敦促，再也不需要人检查，再也没有人吆喝，再也没有人批斗。或早或晚，或快或慢，全由自己安排。各家都在自家的田地里劳动，三三两两。一群人大集体式的看似热闹的出工不出力的劳动场面再也看不到了。

头两年，由于农民普遍贫穷，没有积蓄，买不起农具，更买不起牲口，犁耧锄耙，晾晒碾打，施肥播种，交通运输，全靠人力。拉车，拉犁，拉耧，除草，打药，锄地等等农活我都干过，起早贪黑，辛苦非常。在经过两年的辛勤劳作，农业连年丰收，农民也有了一点点积蓄之后，农民思谋着要添置农具，购买牲口，以改善生产条件，减轻劳动强度。骡马是最理想的，干农活跑运输都可以，就是太贵，农民一时还买不起。牛太慢吃的又多，干农活劲大，跑运输太慢。于是，大多农民大都选择了毛驴。毛驴体小劲大，吃得少跑得快，而且生病少性温顺，妇女儿童皆可驾驭。

我家就选择了买毛驴。四月初八，姥姥家遇会。一时间条条道路上人流如织，推车的，挑担的，牵牛的，拉羊的，骑车的，步行的，走亲戚的，做生意的，一起向会上涌去。条件好的已经坐上了驴拉车，很是令人羡慕。生活条件好了，人的精神面貌也比以前好，男人们洗漱干净，妇女儿童都穿上了新衣。这会上就有骡马市。我们一家人去姥姥家赶会时，父亲带了两百多元钱，在骡马市转了整整一个上午。父亲看上了一头小毛驴，个头齐腰高，不到一岁，一身毛茸茸的黑毛，黑油油的很光很亮很柔软，头抬得高高的耳朵竖得直直的，眼睛很亮，只有上下嘴唇是白的。一头很精神，十分招人喜欢的小母驴。要知道，我父亲是饲养牲口的行家里手，在生产队里他饲养了十几年牲口。他饲养的牲口温顺好使，膘肥体壮。父亲看上眼的肯定错不了。最后父亲与交易员捏码码,用衣服遮住,讨价还价,最终以两百四十元成交。当下午我们离开姥姥家时,一头蹦蹦跳跳的小毛驴就跟我们一起回了家。从此,小毛驴与我们一家朝夕相处,成为我们家庭的重要一员。

我们一家人的希望全都系在小毛驴身上,父亲对小毛驴更是呵护有加。第二天,全家人动手为小毛驴盖了一间小屋,为了晚上给小毛驴添草加料方便,父亲也将自己的铺盖搬进了小屋。要知道牲口都是白天干活,晚上吃东西的。父亲说牲口这东西晚上吃不好,白天干活就没精神。小毛驴在我家生活了二十多年,父亲也在小屋居住了十五年以上。小屋低矮潮湿,四壁透风,臭气难闻,恶劣的环境严重地损害了父亲的身体健康。六十多岁时,父亲的腰已经直不起来了。如今,父亲快七十五岁了,身体已经弯曲成一个大大的问号,只能低头看地,无法仰头看天。父亲在问什么呢? 我们无法知道,但我知道,我们都知道,父亲那严重弯曲的脊梁就是一座高高的山峰。我们兄弟姐妹七八个,我们一家人通过这座山峰向着更高处一路走来。

在父亲精心饲养小毛驴的同时,也着手对它进行训练。按照不同的口令,训练它向左、向右、靠左、靠右、前进、倒退、站住,打滚儿等等。小毛驴很聪明,几个月下来,动作要领全部学会,而且身强体壮,活泼好动。接下来就让它参加实际劳动,像拉犁、拉车等,主要是以人为主,小毛驴起个辅助作用,慢慢让它适应。父亲说刚开始不能让它出大力,出力太大就把它使坏了,它正在长身体。就这样小毛驴一天天长大,一天天成长为我们家的主要劳动力。

父亲十分开明,心灵手巧,知书达理,不仅十八般农活样样精通,而且会编篓、编筐、编席、打炕,还会木匠、铁匠,还当过民办教师,还会吹拉弹唱。那时候村子里有一个戏班子,逢年过节父亲经常登台唱戏。父亲不同于一般农村人,父亲的理想不是发家致富,荣华富贵,父亲的理想是让我们弟兄都能上学,立志成才。那时候,大哥在部队当兵,二哥刚从部队复员,姐姐、我和两个弟弟正在上学。家里劳力十分紧张。小毛驴可是帮了父亲的大忙。中原大地平展如席,沃野千里,一年夏秋两收,农忙自不待言,就是到了冬天也是一日不闲。那时候,我家院子里有一盘石磨,冬天小毛驴的任务是拉磨,碾米、磨面终日不停。除了干农活,小毛驴的另一项任务是跑运输。一年四季隔三岔五要到数十里外的河南省去拉盐。然后放到自家的小商店里零卖,换点儿零花钱以补家用。就这样,日复一日,年复一年,终年劳动不息,在我家生活了二十多年,小毛驴变成了一头垂垂暮年的老驴。

我和小毛驴相处的时间并不长,一九八二年,我离开家乡,从此,一年两载才能回一次家。每次回家见到家驴都倍感亲切,家驴见到我也不陌生,像是家奴见到主人一样,很温顺,也很听话。我便抱住它的头,算是与它见面。只是到了上个世纪末,大哥和我回家见父母亲已经明显衰老,母亲一只眼睛因眼底动脉出血已经几乎失明,父母亲自身生活已难以自理。此时农村已发生了根本性的变化,春种秋收,交通运输已基本实现机械化。数千人的村庄里饲养牲口的农户已经屈指可数,把一头驴饲养二十多年,更是绝无仅有。为父母亲的健康考虑,我们便劝说父亲把驴卖掉,父亲不同意。我们又动员亲戚街坊邻居劝说父亲,父亲有些伤感,母亲也是伤感。家里的侄儿们又来劝说父亲时,父亲心中的火气终于压不住了。父亲大发雷霆,训斥侄儿们。父亲说老驴在咱们家二十来年,比你们的年龄都大,没有老驴的贡献,哪有你们的今天?只要我在一天,老驴就不能卖。从此后,我们再也不提此事,偶尔回家,还帮着父亲为老驴铡草,出圈,垫圈。我的儿子还牵着老驴让它打滚儿。父亲坐在那里静静地看着我们,很是欣慰。只是父母亲日渐衰老,已经干不动活了,再也无力饲养老驴了。老驴的腰已经塌了,腿也瘸了,卧到地上有时半天都起不来。二〇〇三年,父母亲在众人的劝说下含泪卖掉了老驴。父亲说再不卖就饿死了,但有言在先,只能使唤,不能杀它。那年春节回家时,老驴已经不在了。小屋还在,我走进小屋,静静地待上一会儿,仿佛老驴还在。

老驴离开了我们的家,慢慢地走进历史。

2006 年 10 月 26 日　星期四

亲爱的儿子：

　　你好。今天是你十八岁的生日。今天秋高气爽、风和日丽，我和你妈非常高兴。看着你从呱呱坠地、牙牙学语、蹒跚学步到一天天地长大成人，我们由衷地感到自豪和高兴。每当你站在我们身旁，看到你已经高过你妈一头，看到你已经和我比肩等高、我已经没有任何优势可言的时候，我们都从心底里感到无比的幸福。

　　儿子，今天是你成人的日子，是一个重要的喜庆的日子，不管隆重与否，是应该有个成人礼的仪式的。来，老爸为你打开了一瓶茅台酒，首先敬你妈一杯，你妈劳苦功高，一切都在不言中。再敬你一杯，祝贺你长大成人，最后让我们共同举杯，共同祝贺，共同祝福。还记得那天吗？老爸我郑重地对你说："儿子，从今天起，从法律的意义上讲，你已经完全成人，对自己的言行举止负完全责任，对后果负责，因为你已经从今天起具有了完全的责任能力。"同时还告诉你，从今天起爸爸妈妈不再对你下行政命令,变指令性为指导性,再不能指手画脚、一吹胡子二瞪眼,动不动就说你必须怎样怎样,而应该和你商量,提出我们的合理化建议,告诉你应该怎样不应该怎样。

这话现在听起来有些生硬,不够委婉,但这话却是真话,是真理。你知道爸爸是一个笨嘴笨舌的人,平时少言寡语,不愿讲假话,不会说好话,不会唱歌,甚至连个笑话都不会讲。这一点是不好的,还望儿子以我为戒。不说假话是对的,但人生活在社会上,总得与人交往、与人交流,尤其是当今社会,交流和沟通显得尤为重要。开口说话实在是一种能力的体现。好在上帝是公平的,这窍不开那窍开,总不能一窍不开,一窍不开还不把人憋死,于是,我手里就有了一支笔,一支还能说得过去的笔。这支笔可是帮了我天大的忙,无论生活还是工作。人不可能样样都会,但必须要有一技之长。言为心声,我的心声就常常从这笔尖点点滴滴地流将出来。高兴了写,烦恼了写,顺心了写,忧伤了写,工作中的安排计划宣传报道写,生活中的所见所闻、人生感悟、喜怒哀乐也写。十几年写下来就有了一定的积累,积累就是财富。于是就有了《白鸽向着太阳飞》这本小书。积累是一种力量,积沙成山,积水成渊。看看大山、看看大海你就明白了。但写作毕竟不能代替开口说话,开口说话是非常重要的。

在这值得纪念的喜庆的时刻,老爸为你唱一首《生日快乐》歌吧,尽管我五音不全,连《东方红》、《学习雷锋好榜样》都唱不好,连《人民警察之歌》都不会唱,可我今天还是想唱,只是这歌声从笔尖滑过,从心中流出。"祝你生日快乐、祝你生日快乐;祝你生日快乐、祝你生日快乐!"尽管没有鲜花,也没有掌声,可爸爸妈妈邀了一群好朋友，我们一起去远行。我们从延安出发，五家人四辆车，目的地是银川。碧湖银沙、驼峰落日；芦苇连天、古渡漂流；飞跃黄河、驭风滑沙。我们都玩疯了，我们的心都要蹦出来了。这真是一个浪漫的好主意，也许它将成为我们一生中的美好回忆。

十八岁就意味着一个人已经由懵懂少年进入了青年时代。进入了一个朝气蓬勃、有理想、有梦想并朝着理想和梦想去拼搏、去奋斗的活力四射的年代。抓住这个关键季节，就像农民抓住了春种秋收一样，人生也将会获得成功和丰收。儿子，还记得你的童年吗？那一本又一本的照片纪录着你灿烂的童年。你的童年就像电影一样，在我和你妈的脑海里一遍一遍地浮现。回忆过去也是一种幸福。

我把这封信看得很重要，我非常想把我的家书写好。为了写好我的家书，我还认真拜读了《傅雷家书》。傅雷是我国著名的文学翻译家和文艺评论家。《傅雷家书》是傅雷夫妇写给两个儿子傅聪、傅敏的家书摘编。傅雷是中国父母的典范，他们苦心孤诣、呕心沥血地关心和培养子女，将傅聪培育成著名的钢琴大师，将傅敏培育成为英语特级教师。傅雷对待子女的那份细心、耐心，那种自我反省、自我检讨，那种沟通交流与子女平等做朋友的精神，是我们这些做父母的不能望其项背的。傅雷曾经也是一个家法严厉的人，可他很快就意识到了自己的错误，并一再地检讨自己的错误。看来子女要学习，父母更要学习啊。

就从现在开始，《家书的价值》算是我们的一个平台，一个检讨自我、交流沟通做朋友的平台。本来这封信是从你的生日那天开始写的,写写停停拖到现在,一个"懒"字害人不浅,害我不浅。好了,我不能占用你过多的时间。

祝你好运。

2009 年 2 月 25 日　星期三于延安

老师是一面镜子,照镜子而知得失;老师是一个标杆,跨过去,你就超越了前辈,达到了一个新高度;老师是一座桥梁,扶栏而过,你就到达了人生的新境界;老师是一处风景,引导着你一路向前,前头就会有更加精彩的世界。

老师,已然神圣。他会用知识的汗水浇灌你,他会用智慧的乳汁喂养你。我对我的老师怀着深深的敬意。

申村西头路北有一个小学,那就是我的母校。这个学校在新中国成立前是一座庙,后来经过改建,又修了几间教室,就成了一所小学。我的大哥二哥姐姐包括我的两个弟弟都是在那里上的小学。小学北面有个大堂屋,在低矮破旧东倒西歪的土坯民居里显得特别高大。其实他是原来庙宇的一个戏楼。由于废弃多年,显得空寂、阴森。传说大堂屋里有个纺花老婆,一到晚上,夜深人静的时候,她就嗡嗡地纺花。真假莫辨,令人恐惧。小孩子走到那里白天都害怕,夜晚根本就不敢到那一带去玩。我不像管谟业那样令人讨厌,我从小就听话爱学习。五六岁的时候，就经常在学校里玩耍，有时候坐在教室外面的窗台上听老师讲课。窗户上既没有玻璃也不糊窗纸，里外通透。

到了七岁该上学的年龄，过完年，开学了，到学校报了名，领了语文、算术两本书和作业本，回家里母亲扯了一块自己纺的花粗布，把本子、书用布一包，第二天就高兴得一蹦一跳地上学去了。我一到学校就当了班长，是老师任命的，没有选举，也没人反对。从此我就成了那一伙二十几个孩子的孩子头儿，一直到初中毕业，各奔东西止。天不亮就要去学校早读。读 a、o、e，背乘法口诀、除法口诀。读完了，天亮了，再回家吃早饭。早读课老师一般不到教室去，带领同学早读的任务就落在我身上。我在这个学校上了五年，直到小学毕业。

小学老师都是我们村上的，有正式的也有民办的，只有校长是上面任命的。他姓郭，是申村西边狮子口村人，叫郭唯和。郭校长个子不高，大概有一米六〇的样子，四十来岁，脸上的胡子经常刮得光光的，脸都刮青了，但仍能看到胡子很旺很多。他好像一直穿一身蓝布中山装衣服，洗得干干净净，特别是在我们这一群蓬头垢面的孩子面前。他有些消瘦，人却很精神，面相慈祥可亲，眼睛里经常流露着长者的目光。他没有给我上过一节课，但他是我记住的第一位老师。

那时候中午放学，下午放学，学校都要集合排队。排好队，校长就要讲话。他经常笑眯眯地给我们讲话。他讲话很逗，惹人发笑，大家都爱听。我最爱听。有一天下午，他给我们讲要热爱祖国、热爱人民、孝敬父母、要热爱劳动、珍惜粮食。他教育同学们回去要帮着父母干活，打扫院子，讲究卫生，积攒粪肥，明年多打粮食，有了粮食同学们就不用挨饿了。他说："笆帚响，粪堆长。"他还说："庄稼一枝花，全凭肥当家。"大家都听懂了，都笑了。放学后，申村大街小巷响起了"笤帚响，粪堆长；庄稼一枝花，全凭肥当家"的童谣声和哗啦哗啦的扫地声。

我记住他，是他在育人上的贡献。教室里教书，课堂外育人。他是一个育人的人。由于育人环节的缺失，世风令人担忧，郭校长愈加显得可亲可贵，他给我的是教诲。今天我更加怀念我的这位老师。他已经离开了我们。

珍藏在我的记忆深处，挥之不去、无法忘怀、时常引起回忆的第二个老师是郭进岭老师。大家都叫他郭连春，我想可能是小名。他也是狮子口村人，和郭唯和校长一个村。郭老师三十来岁，也是个子不高，大概也是一米六〇的样子，显得清瘦单薄，走路轻飘飘的，没有声音。郭老师是我初中的班主任，教我语文。那个学校是狮子口中学，在申村西边不到一公里。那里原先也是一个庙。传说每到夜晚，那里都会有红灯笼晃来晃去，看不见人，光能看到灯笼。郭老师很有知识，很敬业，讲课有激情，往往是讲得面红耳赤，鼻尖冒汗，冒了汗，就用毛巾擦一下。他的声音很尖，有穿透力。有时我想，一个大男人，声音怎么那么尖呢？我在的班是十五班。我是副班长，又是学习委员和文体委员。由于学习好，表现好，郭老师对我也好，所以，我其实是真正的班长。由于郭老师是教语文的，所以，我就爱上了语文。特别记忆深刻的是他教会了我语法知识，他使我迷上了古代汉语，这给我以后的写作播下了思想的种子和知识的储备。《岳阳楼记》、《念奴娇·赤壁怀古》那样的不朽名篇，郭老师用他那尖利的声音讲给我们听，如听天籁，使我们知道世界上还有这样的文体，还有这样的千古绝唱。古代汉语那诗性的语言，那汹涌澎湃的排比叙事，那空灵通透的场景描写，那直抒胸臆痛快淋漓的情感表达方式，深深地吸引和打动了我的内心。郭老师课外要求背诵，我就一遍一遍的背诵，课本上的全背完了，郭老师就及时地送我一本古汉语课外书，使我眼界大开，如痴如醉。是郭老师教会了我吃饭的本事，我怎能不忆他。郭老师对我的好，还有一件小事。班里集资买了理发的推子，郭老师义务给同学们理发。每到中午饭后下午课前，有一段空余时间，郭老师都会在教室前一排杨树下给同学们理发。每次给我理发，同学们就有意见。说给他们理得不认真，而给我理得好理得认真。郭老师就假装恼了，说："也不看看你的脑，前奔楼后马勺的，能理好吗？"他摸着我的头说："你看人家的脑，圆圆的方方的，好理嘛。"其实我知道，郭老师是真心对我好。在郭老师那里，我知道了表扬的力量。

　　还有两位老师于我有恩。他们是两口子，一位是教数学的胡玉凤老师，她是大名县人，就是《三国演义》里卢俊义的故乡大名府那里。另一个是胡老师爱人，狮子口中学的校长申唯善老师，他是申村人，与我一个村。他俩是大名师范的同学。由于天资愚笨，胡老师的数学课我怎么用功也没学好，辜负了老师的一片期望。胡老师个子不高，胖胖的，齐耳短发，讲课有板有眼，不厌其烦，对学生好尤其对我好。申校长治学严谨，不苟言笑，学生都很怕他。但他有一颗火一样的心，深深地隐藏起来。那种厚重感，只有你去细细地品味和认真地解读才能领悟到。一天早读课，同学们有的在摇头晃脑读语文，有的在闭着眼睛背政治，教室里一片嘤嗡声。我和同桌张献堂坐在最后排最边上那个角落里。那时候调皮，我正在读"乱石穿空，惊涛拍岸，卷起千堆雪。"张献堂说划拳,划就划。"哥俩好呀,哥俩好呀,五魁首啊,六六六呀"。我俩划得起劲,忘记了这是在教室里。突然一个黑影悄没声息地走进了教室。前排的同学看见了,一个一个都停止了读书声。教室里只剩下了我俩洪亮的划拳声,"八匹马啊,十来财啊"。当我们意识到情况不对时,抬头一看,校长已经走到了我俩跟前。一张涨红了的黑脸,校长一把揪住我的衣领,说:"站起来,你俩,跟我走。"我们忘了,忘了我们的背后一墙之隔就是校长的办公室。我们的划拳声惊动了校长。在校长办公室,校长一顿狠批一顿臭骂。最后从抽屉里拿出一本复习提纲递到我的手里。"只有这一本,考不上高中,看我收拾你们两个,去吧。"他给了我批评,也给了我进步。

我是一个听话的好学生,遇到了一个又一个的好老师。尤其是两位校长一个唯和,一个唯善,他们给我指明了一条做人的路。我遇到的好老师远远不止这几位,还有很多很多。当然也遇到过坏老师。在我的记忆里,只有一位,那还是在申村小学。大概上四年级了,已经长大了,有了自尊心。那时候冬天教室里搭炉子取暖。一天轮我倒炉子,生炉子。炉渣倒在校园角上的垃圾坑里。我发现未烧完的炉渣,就拣出来,放学后带回了家里。下午,一位老师知道了,在课堂上当着全班同学的面,狠狠地批评我,而且是大发雷霆,上纲上线。当时没有老鼠洞,有的话,我真想钻进去。这老师姓甚名谁就免了吧,毕竟他也是我的老师。他长着一张黑里透黄、黄里透黑,还有几颗麻子的脸。大家都不喜欢他。他给了我羞辱,他让我知道了羞辱的刻骨铭心。

离开申村已经三十二年了。申村早已是物是人非,随着农村的萎缩和空心化,我所读书的小学、中学早已撤并,已经不存在了。现在村里的孩子们都到双井镇上去读书了。已是不惑之年的我,对老师也有了更深刻的理解和认识。无论老师对你好对你坏,他都是你的老师。我一直想去看望我的老师,但总也没有成行。我不能再等了,再回去,我要去看望我的老师,了却我的心愿。

　　我的大哥叫李成斌,乳名叫喜,从小到大,我们都叫他喜哥。说说喜哥的故事,想法由来已久,可是久久没有动笔。一是思绪稳定不下来,二是思路没有理清楚。今天,我终于小心翼翼地拿起了笔。因为我觉得一种好的精神和好的品质,要想在一个家族中传承,就需要记忆和记录。记忆一般都是感性的、零散的,而记录却是理性的、系统的。家有喜哥,是我的幸福。而记录,是我的责任。

一、不幸童年

　　喜哥生于一九四七年农历九月初九。尽管那时日本兵早已经在两年前的一个晚上悄悄地离开了申村,炮楼、战壕、交通沟已经废弃和荒芜,但那仍然是一个战争的年代。远处的枪炮声依然让大地震颤。国家好,民族才好,个人才可能好。国家山河破碎,民族旦夕危亡,个人命运怎么可能好。个人的命运与国家和民族的命运休戚相关,荣辱与共。这是一条永恒的真理。喜哥就出生在那样一个年代里,他童年的命运可想而知。好在他还有一个完整的家,有爷爷奶奶、父亲母亲、叔叔婶婶一家人的呵护。从这一点上说,喜哥还算是幸运的。但不幸很快就发生了,那一年喜哥只有七岁。

喜哥回忆说:一九五四年,农村初级合作社还没有成立,农民都是以家庭为单位的单干户。初夏,麦子已经秀齐了穗,正在灌浆。一天夜里,母亲病危,父亲怕我们害怕,把我和九岁的香芹姐姐、五岁的运喜弟弟送到叔父家去睡觉。半夜,父亲把我们叫醒,告诉我们母亲去世了。

爷爷、奶奶、父亲和我叔叔连夜安排了我母亲的后事。天亮,我们起来回到了只有两间小东屋的家。母亲的白棺材停在屋门里边,前边的底座上放着一盏点着的小油灯,地上放着一个烧过纸钱的小瓦盆。母亲是少丧,按旧俗不能在家停放,必须当天出门安葬。上午半晌时分,记得好像是爷爷或是舅舅对我说:"孩子,给你娘净净面吧。"有人握着我的手用蘸了水的棉花,一次一丢地在娘的脸上擦了三下,嘴里还教我说着:"丢子,丢子。"记得又有人给我戴上孝帽子、系上白带子、脖子上挂个小罐。我知道娘就要出门了。我背不动柳杆子(幡),是放在薄木板棺材上的,摔老盆一次没有摔坏,是舅舅踢坏的或是车子轧坏的,我不知道。大舅、二舅、三舅三个人轮流抱着我走在棺材的前面。送葬的队伍走到东北地(我家五亩地),我记得麦子稀稀拉拉的,都秀齐穗了。到了地北头墓坑边,灵柩停下来,下葬棺材后,有人牵着我的手,让我抓住铁锹,费劲地先埋了三下土,每一次都是一点点。母亲走了,抛下年轻的丈夫和三个可怜年幼的孩子,带着她无限地哀伤、牵挂,依依不舍地走了。

在我的记忆里，母亲身体较高，约有一米七，白皙脸庞，一表人才，识字不识字我不知道。只记得母亲心灵手巧，不断有邻家妇女找她剪花、画绣花的花样。记得有一次邻家妇女找她画小孩裤巾上的花，就是在我家枣树下水缸盖子上画的。本家梅老姑告诉我："你娘好人才，高挑个子，白生生的，手巧，能剪会画，可能干啦。你一家的活和你姥姥家的针线活都是她做的，又快又好。前二年生小孩时就差点要了命，后二年还是生孩子，孩子没活下，她也月前病（产褥热、产后感染）死了。才三十来岁，真可惜了。"母亲勤劳善良，但有时因孩子们淘气，也打骂过我们。有一次黎明，我想大便，又不愿到外面去，没有对母亲说，悄悄下到炕角处拉一堆，结果让母亲踩了一脚。她真生气了，骂了我一阵子，还在我背上拍打了几下。

母亲叫申桂荣，娘家是马头村的，姥爷叫申海，不记得见过面。姥爷姥姥有五男二女七个孩子，母亲是最小的。听父亲说母亲是属鼠的，同所娘说："你娘比我大一岁，我属虎，你娘属牛。"据此推测，我的母亲应该是一九二四年或是一九二五年生，到一九五四年春末夏初去世，也只有三十岁。

喜哥回忆说：母亲去世后，我们的生活更是雪上加霜，破衣烂衫，生活饥一顿饱一顿的。父亲一下子老了许多。他白天下地干活，一天还得做三顿饭。晚上搂着小弟和我一块睡觉。他偷偷地掉眼泪，时常唉声叹气。姐姐白天和我们在一起，一块吃饭，晚上和奶奶一起睡。真是穷家的孩子早懂事，我为自家的不幸悲伤，羡慕别人有娘的幸福。每当听到"小公鸡，挠草垛，没娘孩儿，咋得过"的童谣，就忍不住地哭一场。

母亲去世后不久的一天夜里，父亲搂着小弟，我和他们打通腿睡在一张床上。爷爷怕我们害怕，又怕父亲生闷气，也在我们屋里地上睡,和我们做伴。睡梦中,我看见一只老鼠爬到床上,沿着床边从我脚下向胳膊上爬。我害怕,大声叫"老鼠,老鼠!"急忙坐起来大哭,惊醒了爷爷和父亲。他们把我从惊恐中唤醒。醒来后,我说看见一只老鼠在被窝里。父亲把被子翻了个遍,也没看见老鼠。他俩安慰我好久,爷爷还抱来一堆柴火在地上烤火。他们父子俩一夜再没睡着,说了半夜话。后来父亲告诉我说:"你娘是属老鼠的。"

喜哥说这是他小时候能够记住的第一个梦。五十二年后,二〇〇六年二月十日,喜哥在回忆母亲的文章里对这个梦进行了清楚的描述。可见这个梦对他的影响之深刻。这无疑是一个噩梦。日有所思夜有所梦,梦境就是生活的写照。七岁,喜哥在惊恐不安中度过。

就在失去亲人刻骨铭心的伤痛还未完全消除之时,一九五六年夏天,家乡遭遇了前所未有的大水灾。淫雨连绵一二十天,平地沟满坑平,漳河水暴涨。漳河从申村北边五里由西向东流过,它发源于河南、河北、山西三省交界的太行山上,平时没水,雨季河水暴涨,常常淹没两岸的村庄和庄稼,自古就是一条害河。西门豹治邺,破除了河伯娶媳的封建迷信活动。邺,就是曹操的第一座都城,现在的河北省临漳县,而那条河,说的就是漳河。

六月二十日以后的某一日黎明,支书申某某带领民兵申某某叫开了我家的屋门,我和弟弟还在父亲的被窝里睡觉,被支书和那个民兵的吵嚷声惊醒。只听得他们说:"没有上漳河堤不行,快找绳子捆起来。"父亲指指我们,好像在说这两个孩子没人照管。他们不理睬,硬是在屋里找了一条麻绳绑了父亲的双手。这两个冷血动物扔下我和弟弟不管,把父亲带走了。我们两个很害怕，哭着抱了衣服，光着屁股跑出了家，记得好像是街上遇到了王安庆的老婆给我们穿上了裤子。几十年来每当想起这件事，我就对当时那个支书和那个民兵恨得咬牙，几十年每逢遇上他们，我都是怒目而视或心里咒骂他们。

六月二十八日夜，漳河决口，北至刘深屯，南至薛庄以南，纵横十几公里，一片汪洋。洪水犹如脱缰野马由西北向东南浩浩荡荡地流去。水面上漂浮着猪牛羊等家畜、漂浮着树木瓜果。那年是个丰收年，刚收到家里的麦子顺水漂流，麦秸垛上挤满了大人孩子，人们呼喊着"救命、救命"向东飘去，生死未卜。洪水好像千万条毒蛇争先恐后地涌进了申村的大街，接着涌进了胡同。泥堆土砌的申村瞬间夷为平地。

喜哥回忆说：早晨六七点钟，漳河溃堤的洪水涌进了我家，真应了"屋漏偏逢连夜雨"那句古话，一家人栖身的两间低矮的小东屋，上面漏雨，门口进水。父亲不知什么时候从河堤上回到了家里，全身衣服湿透了，雨水顺着面颊往下淌，急忙跑进屋里一把抱起我们弟兄两个，迅速跑出屋外，送到了地势高的西邻家。院子里的水越涨越高，没膝、齐腰、齐胸。天上的雨越下越大，似瓢泼盆倾。父亲一次次把屋里的东西往外转移，并用绳子把风箱、衣柜等链在院内的老枣树上，以免被洪水冲走。就在父亲刚出屋门，摇摇欲坠的小东屋坍塌了，没来得及收拾的东西和粮食全压在屋里。

不知是怎样度过了灾后的最初几天。后来父亲就在刚渗完水的院子里用玉米秆搭起了一个草庵子。这个草庵子不大，仅能一头睡父亲和弟弟，另一头睡着我。晚上，一个小煤油灯用三根细铁丝吊在庵中的木架上。在这个草庵中我们住了三个月。秋去冬来，天气渐冷，庵子里不能过冬，我们父子三人又搬到了李连群家的两间西屋(磨坊)里,在那里度过了一个漫长的寒冬。

洪水退了,"大锅饭"来了。一九五八年成立了人民公社,不久,以生产队为单位成立了大食堂。父亲被推举为司务长,主管食堂伙食。开始时食堂生活还可以,是让吃饱的,1959年以后就不行了,粮食越来越少,每人每天几两粮食,就连糠菜也吃不上了。红薯秧、萝卜缨、甚至玉米骨头都做成了所谓的"淀粉"。野菜、树叶就是当时的好东西,用水煮熟倒入从食堂领来的少量的稀饭,搅和搅和,每人能多喝上一碗半碗。"驴打滚"就是那时候发明的,把菜团子在撒有少量玉米面的案板上一轱辘,沾上一层面,再放到锅里蒸熟,面皮比水饺皮还薄许多。父亲作为管一百多人吃饭的大食堂的司务长,从没有也不可能给我和弟弟有任何照顾。记得有一次吃早饭,是在食堂的饭锅旁,别人家端着饭盆走了,一个炊事员看看周围没人,急急忙忙给我家的饭盆里加了半大勺(一大勺顶十小勺)稀饭,我们每人多喝了半碗。父亲当时眼圈都湿了。这件事几十年来我都没有忘记。

除了天灾人祸,不幸还远没有结束。

喜哥回忆说:一九六〇年春,父亲同其他几十名社员被派到邢台地区内丘县当装火车的农民工,一走就是半年。父亲回来时,魏县的面梨已基本熟了,他给我们捎带十几个,回家闷在麦秸里,等不涩时让我们吃。真是天有不测风云,比我白胖、与我等高、学习成绩同样很好的弟弟,突然于农历七月十五日病了,发高烧,腰腿疼得不能伸、不能走,继而少尿血尿、全身浮肿。父亲和叔叔借来排子车拉着弟弟去双井北街找孟先生看病。我提着竹皮暖瓶后面跟着。

孟先生看完病说："这小孩病不轻啊！"抓了几服中药，配荷叶药引。荷叶是叔叔骑自行车到双井北街的藕池里采的。几副药吃下不见好转，父亲和爷爷奶奶又急又痛又惊又怕，又叫狮子口郭书绅先生等治疗。病情不断发展，虽不发烧了，可是一直不吃饭，仰卧炕上，腹水肚大，手放在肚子上能压出分明的指甲印，尿少并红，右腿始终蜷着，一伸疼得直喊。七月二十五日晚上，弟弟永远离开了我们。爷爷对奶奶说："把孩子的衣裳找找。"奶奶泪流满面去找弟弟仅有的两件旧粗布带道的汗褂。我对奶奶说："把我的衣裳叫弟弟穿走吧。"奶奶不吭声，眼泪直掉，还是找弟弟的旧衣裳。因为当时我们谁都没有一件新衣裳。父亲不放弃，在屋门处喊魂："运喜，回家来！运喜，回家来！"花季少年穿着破旧粗布单衣走了。全家人哭天喊地，痛哭一场。常言道儿女是爹娘的心头肉。父亲心疼得掏心摘肝，整日流泪，夜夜难眠。慢慢地父亲患上了抑郁性精神失常，长吁短叹，默默不语，不出门、不见人。三十八岁的他，一下子苍老了，精神面貌完全变成了另一个人。父亲的病持续了二年。这一年，我才十三岁。

喜哥生于乱世之秋，七岁丧母、九岁遭遇大洪水、十岁多又逢"大锅饭"、十三岁失去亲弟弟。可以说是幼年丧母、少年失弟、父亲得病、天灾人祸、饥寒交迫，这就是喜哥的童年和少年。

二、立志求学

喜哥从小命苦，但他聪慧懂事，志向高远。喜哥回忆说：一九五五年夏天，村上的小学动员我姐姐去上学，姐姐不知什么原因不愿去。我说我愿意去上学。于是，从那时起，我就开始上学了。开始时，我很自卑，总认为自己不如别的孩子。下学回家爷爷问我学的啥？我都认真回答。写字很慢，别别扭扭的，但总是认认真真地写，别人（如李保生）写五张，我只能写三张，学习是很用功的。不知道别的同学啥水平，懵懵懂懂的。到上小学二三年级时，突然老师说我是第一名，发给我一个小红布条，说我是大队长。当时我也不知道是什么官，心里美滋滋的。从那时起，到上完小学、高小、初中，成绩都是上等的，不少时候是全班的第一、二名。我觉得打架、体育不如别人，但文化课却敢于和他们比高低，向来不服别人。

记得上小学时，鹿老师（车往村的）就多次让我和李保生代替他当老师，给全班同学上课，组织他们学习。上高小时，连绍曾老师把我列入学习十八猛将之一，并当副大队长，队长是上届退班复习生申万俊（申铺村的），但他的成绩总是排在我之后好多位。

一九六一年，国家处在极度困难时期，几乎人人吃不饱饭，红薯渣、野菜、树叶都吃光了，不少人得了浮肿病。夏天双井中学招收两个初中一年级班，我在叔叔家拿了两个菜窝头参加了考试。半个多月后，我以优异的成绩被录取，成为初中一年级新生。一九六二年，因国家经济困难，干部、工人、教师、供销社售货员等各行各业下放回家一大批人。全县初中下放合并成三处，即魏县中学（全县唯一有高中班，六一届四个初中班）、双井初中（两个初中班）、车往初中（两个初中班）。牙里初中、大辛庄初中、荷庄初中、德政初中、北皋初中等全部撤销。好的学生留下来转入以上三处初中，其他一律下放回农村务农。申村只有我和李保生、申五银留校，其他包括李书明、李双所、武连玉、申桂良等学生全部下放回家，汤村、狮子口、王村、大李村、朱村等附近村庄那一年竟没有一个学生留校。那一年代数统考我是全年级第一名。数学老师是南方人楼克恭。年终学校还给我发了贺信。

一九六四年七月，初中毕业，我报的志愿是邯郸卫校，该校在我们县的招生名额是两名，我没有被录取，却被农校录取了，来了录取通知书。农校还有两名校领导到家里动员我去上农校。当时父亲和叔叔说带"农"字的学校不上，所以没有报到。我在家复习，凭成绩我很自信，再次考试一定能考上理想的学校。恰好一九六五年七月间，县办卫校在全国中考前招生，我报名应考。考后我认为各科考得都不错，数学最好，化学可能差些。被录取开学后，班主任刘文明看到我的随堂笔记上写着"李成斌"三个字后说："哦，你就是李成斌，第一名。"后来我发现我的数学考了九十三分。

喜哥考上了卫校，跳出了农门，从此我们家有了公家人，有了医生，这在当时是一件很大的事件，我们全家欢欣鼓舞。我们全家都以喜哥为荣，茶余饭后常把喜哥挂在嘴边。这种情形甚至感染了一个只有两岁的孩子。直到现在，家里还流传着我的一个笑话。大人见我就问："你大哥哩?"我就说："魏县。"又问："干啥哩?"我说："看腚。"大人们就哈哈大笑。因为年龄小，说不清楚，我把看病说成看腚。小故事包含着大亲情。浓浓亲情穿越历史时空，至今仍然令我感动。

喜哥在学校认真学习，回到家里就跟着父亲学习，他认为父亲就是他的第一任最好的老师。他在《父亲》一文中，对父亲的一生进行了深情地回忆:我的父亲名叫李保忠，乳名连印，生于一九二三年十月，属猪。父亲原本排行老二，因其哥哥李保印于二十二岁时英年早逝，后来人们就以排大称呼。父亲一生聪慧，性格内向，忠厚朴实，勤劳节俭，淡泊名利，与世无争。曾记得我才十几岁时,父亲就对我讲过《三国演义》的故事,说刘备在吕布偷袭徐州小沛时,张飞镇守的小沛失陷,张飞愤愤不平,刘备却若无其事,反而安慰张飞说:"屈身守命,以待天时,人不可与命争也。"争取是对的,暂时不属于你的东西,得不到或失去了,也不要太可惜。这一哲理父亲奉行了一生。

父亲的童年和青少年时期是在军阀混战、兵荒马乱、民不聊生、缺衣少食中度过的。他很小就参加农业劳动,没有上过学,但父亲努力学习文化,力求有所作为而自强不息。富家子弟请教书先生或上私塾,父亲没有这份福分,他就在劳动之余,夜头早晚偷着旁听,或是跟着别的上学的孩子学。结果别人学不会弄不懂的字词语句,父亲反而能学会。他非常刻苦,孜孜不倦,先后学习了《三字经》、《百家姓》、《论语》等书籍,学会了珠算。父亲的水平达到了能读会写会算的程度,远远超越了大部分正规学习的富家子弟。珠算方面,可称得上娴熟。他能用算盘打"斤秤绺""大小三八四"、"搭法"、"留法"、"开方"、"平原""凤凰双探翅"、"凤凰单探翅",能准确计算各种形状的面积。在当时文化人很少,更没有计算器的年代,我父亲可算是自学成才了。在读写算方面,我父亲帮了不少街坊邻居的忙。在上世纪六七十年代,以生产队为核算单位时,预算、核算、账目复查都离不开我父亲。

父亲农闲时最大的爱好是读书,其次是下象棋。他是在读书中学字,学字中读书。没有师傅,全靠自己。父亲会查各种字典,听他说过有一种古老的偏旁部首字典,依偏旁部首的笔画多少为序查字。笔画的多少分别列入地支的十二个字为查字序列,口诀是:一二子中三丑寅,四卯辰巳五午寻,六在未申七在酉,八九在戌十亥陈。就是说,部首为一二画的,查"子"部,三画的查"丑"或"寅"部,四画的查"卯""辰""巳"部,五画的查"午"部,依此类推。我小时见过这种字典。父亲读过不少书,有的能背诵,有的能复述。如《老残游记》《五女兴唐传》《三国演义》等,尤其是《三国演义》能称得上熟读。儿时,我和父亲在一起睡,睡前或是半夜不瞌睡时,父亲就给我讲三国故事,如三顾茅庐、赤壁大战、长坂坡、华容道、上方谷司马受困、火烧连营等等,他讲的和我后来亲自读的内容完全一样。

因为父亲慈祥、善良又喜欢小孩的性格和学而不厌、诲人不倦的品质,很受孩子们的尊敬和喜爱。上世纪五十年代末六十年代初的几年间,就有保生、文德、田得、换保等和我年龄差不多的几个孩子来到我家和我父亲同住,听我父亲教诲,学习文化知识和珠算,都有不同程度的长进。

大约在一九五九年前后,父亲患过一场大病,备受疾病的折磨,也深感请医用药的艰难,立志要自学中医。在当时全国人民都是大食堂吃饭,每个生产队一二百人一个食堂,每天生活只有几两粮食,可以说是饥寒交迫。农民们在生产队干一天活,工值只有几分钱到一两毛钱。在这种条件下,父亲毅然用去几年的积蓄买了一套世界医学史称为巨著的《本草纲目》,花了整整十元钱。从此父亲开始自学中医,并理论联系实际,认真进行临床实践。几年下来,父亲能用中医理论看病处方,诊断治疗。同时学会了针灸、拔竹筒等治病技术,尤其擅长喉科、口疮、小儿口腔溃疡和风湿类风湿的治疗。自制的竹筒用不同的中药煮沸拔在病人身上,治疗各类风湿病、腰腿疼,效果非常明显。扎针灸治头疼、牙疼、关节疼也有很好的疗效。自制的口腔药对小孩烂嘴疗效独特。找他看病的人很多,有农民、工人、干部和妇女儿童,以至于一九七七年正月奶奶病故,父亲身穿重孝守灵时,还有外乡人找到家里让父亲看病的。

父亲一生饱受痛苦，身体和精神都受到了很大摧残。年龄幼小时，为了生计，过早地跟随祖父下地劳动。祖父是个要强的人，总想尽快摆脱贫穷，拼命劳动，省吃俭用，以便可以多买二亩地，所以，对父亲的人小力薄干活不力，时有不乐，甚至吵骂。渐渐地他们父子感情渐远，直到父亲去世时对祖父都是有意见的。

约为一九五三年，父亲和叔叔在祖父的安排下分了家，恍惚记得还有双庙的老舅也参加了。我们分的是北边庄，即我现在的住宅，叔叔分的是老家，就是现在侄儿振强住的院子，现有房屋中两间留给爷爷奶奶做养老房。父亲在北边庄基上盖了两间东屋，约有两丈长一丈三尺宽，只有几层砖根基，其他全是土垛墙。母亲去世后，也有给父亲谈续娶妻子的事，父亲断然拒绝了好心人的好意，他说是怕我们落入不贤继母后会遭罪。他舍己为儿，甘愿忍受无限的寂寞劳苦，孤独忧伤。

慈母、严父是社会公认的。认为父亲对儿女都要严厉，似乎做父亲的都要对子女表现威严，甚至吵骂打。可是我的父亲是那样地慈祥可亲。在我的记忆里，父亲从未打骂过我们，哪怕是一巴掌一指头都没有。也许有我们幼年丧母过早懂事的原因，但更多地还是父亲的育儿方法非同一般。他是以说教为主的，我们做错了事，父亲指出错在哪里，应该怎么做，鼓励我们说是能做好的。每逢我们下学回家，父亲总是询问我们上了几堂课？老师教你学的啥？我们就告诉父亲所学内容。对的，父亲就夸奖一番，错的，他就给我们纠正。父亲的辅导和鼓励，使我们学习劲头足进步快。我们的学习成绩在班里总是数一数二，父亲十分高兴。

一九六一年夏天，我以优异的成绩考上了双井中学，先是走读,后来住校,一两个星期才能回家一次。一次返校最多只能带两三天的干粮,全部在校吃饭没有钱买。自带的干粮在学校的食堂馏馏,外加一块咸菜,喝一碗水就是一顿饭,偶尔也买一碗稀饭一两个馒头。父亲总是把奶奶蒸好的干粮按时送到学校,步行往返十几里,风雨无阻。考上卫校后,因为家里穷,四毛钱的公共汽车也舍不得坐,往返学校多是步行。记得初冬回家拿棉被,奶奶亲手给我做了一床我有生以来第一条红花华达呢表、新粗布里的被子,这可是全家一年积蓄的钱买的。返回学校时,奶奶用卧单把被子包裹好,父亲扛在肩上,步行送我过了漳河南大堤。一路上父亲对我讲了许多,有外出需注意安全的,有热冷温饱的,有尊敬师长团结同学的,有怎样学习和注意休息的等等。我当年已经十八岁了,可在父亲眼里我还是个几岁的孩子。父亲扛着包袱步行了十几里,也不肯让我扛。在路上父亲拾到一个糖球,硬是叫我吃了。那时候不比现在,一年半载也不可能吃上一个糖球,带糖纸的糖球就更少了。父亲肩扛棉被送我到蔡小庄大桥上,千阻万劝父亲才止住了脚步,把行李交给我,一遍遍地叮嘱,路上小心,注意汽车,下星期再回来。我扛起被子走了很远,回头望时,父亲还一个人立在桥头,望着我招手。这件事在我心中存在四十多年了,还如同昨日。

喜哥回忆说:父亲的最后几年,因抑郁性精神病复发,不愿再当医生了,病好后,就去看管生产队的菜园,先后和社保、保森等共同管理,供应全队社员吃上新鲜蔬菜。一九七七年七月天降大雨,父亲从菜园回家途中滑倒了,扭伤了脚,不能上班,在家休息。八月初七,吃饭时噎了一下,之后一连两三天不能吃东西,下咽困难。先在双井医院 x 光钡餐透视,诊断为食道癌。邯郸地区医院也是同样的诊断结果。九月初,征求当时在西安红十字医院进修的大兄弟李瑞斌意见后，要我带着父亲速去西安治疗。我们在西安住了二十天，也没有手术也没有烤电（放疗）。父亲不同意继续治疗，他说："要真是嗓病，一分钱也不能投资，一个小毛镙也不花，不做手术，不合算。父子爷儿们该分手时就分手，没有不死的人，我死后你要好好过，你比我强。"父亲从西安回家后，病情不断加重，于一九七八年正月十一日凌晨约一时许，永远地离开了我们，终年五十六岁。父亲去了，他的遗憾是没有亲眼看到他的孙子。

三、家庭变故

从十八岁到二十三岁，喜哥有一段幸福时光。考上卫校，跳出农门，接着工作、娶妻，一九七〇年农历十月十三日女儿振华出生。幸运之神似乎开始眷顾我的大哥。幸福的大门打开了，一轮朝阳从东方的地平线上冉冉升起。然而，生活就像过山车。就在喜哥踌躇满志、满怀喜悦地迎接新生活的时候，命运再次跟喜哥开了个玩笑，并在瞬间跌入黑暗的低谷。

喜哥真是不幸。

一九六九年十二月一日，农历十月二十二，喜哥和妻子魏书芹举行了婚礼。一九七一年农历正月十二，她因精神失常，从娘家离家出走，在河南省内黄县大张龙公社丁张龙村西打麦场小屋自缢。当时侄女振华出生刚刚三个月。妻子的突然离去，给喜哥精神上造成了极为严重的创伤，同时也改变了喜哥后半生的命运。原来美好的憧憬，顿时变得一片茫然。喜哥回忆说："魏书芹是北台头公社南台头村人，一九四七年农历十月二十九日生，五个姐姐一个哥哥，兄妹七人，兄长魏书宝，父亲魏越。她人才好，长相漂亮，身高约一米七左右，头发乌黑，四方圆脸，皮肤白皙,双眸黑而有神。她性格外向,举止大方,正直热情,做事爽快。一九六九年六月入党,并被选为村党支部委员,多次参加县、市先进代表会。结婚后,因我家爷爷奶奶年事已高,父亲有病,家务事情较忙,我在卫生院上班,她不得不由外向型转向内向型,开始管理家务。

一九七〇年春天,我们陪同父亲去大名县看病,到医院后,父亲说渴了,想喝水。在当时举目无亲的情况下,我有点为难,书芹说:"你在这里照顾咱爹,我去要水。"不大一会工夫,她端来了一碗热气腾腾的白开水,使我自感不如。她手脚利索,心灵手巧,一天能织一丈多布。结婚时的枕头,是她亲手用丝线绣的花,图案新颖大方,有并蒂莲、鸳鸯戏水、花儿向阳开等等。她家的嫂子是个刁蛮阴毒的女人,经常给她母亲及家人制造家庭矛盾。一九七〇年初夏的一天,一次吵架后,她突然精神失常,开始失眠、忧虑,虽然不断治疗,但后来还是转变成了精神分裂症。

那时候我还小,只有五六岁。家里是老的老,病的病,穷困潦倒,低门矮户,谁也帮不上喜哥的忙。这时候,我的父亲就成了喜哥唯一的主心骨,虽帮不上多大的忙,但那毕竟是一股力量,一份依靠。出事的那几天,街坊邻居、亲戚朋友全都发动了起来,近处步行,远处骑自行车,方圆几十公里内,到处询问,到处寻找。那几天,我的家里人来人往,自行车进进出出,彻夜不息。我恍惚记得,那时候,天还没亮,院子里、屋里挤满了人,个个显得神情紧张。天特别冷,有的人站在地上,有的人坐在炕边上,有的人围着煤火台烤手。我的父母几天几夜都没有合眼,坐在炕上不断地听着回来的人通报情况,又不断地打发人出去。我睡在炕上,心里很害怕,又帮不上喜哥的忙。现在想起来,那时候喜哥还不到二十四岁,用现在的眼光看,喜哥那时候还是一个孩子。对于喜哥来说，那绝对无异于山崩地裂、天塌地陷。对于喜哥的不幸，我们全家感同身受。我的大哥硬是挺了过来。大哥真是好样的。

处理完嫂子的后事，喜哥去接小振华回家时，被告知已经送人。我的母亲又带上人前去讨要。经过几天的吵闹，皮包骨头、奄奄一息的小振华才被要回。回家后，振华吃奶成了问题。母亲只好抱着振华东家一口西家一口地要奶吃。那是个食不果腹的年代，哪个母亲也没有多余的乳汁，但是，只要找上门去，她们都会献出宝贵的乳汁让小振华吃上几口。在延安解放军第五一三医院当兵的瑞斌哥知道情况后，及时地寄回了几桶炼乳，这才解决了振华的吃奶问题，结束了她的"讨饭"生活。

为了照顾老人和孩子，喜哥不久后再婚。也可能是喜哥还没有从痛苦中调整过来，也可能是婚后都有一个相互了解和适应的过程，总之，喜哥婚后最初的几年，生活并不完美，甚至是动荡不安。随着振英、向华和振维的相继出生，喜哥的生活才逐步地走上了正轨。

那年月，好像阴云总是不散，不幸接二连三。一九七七年正月二十二日，奶奶去世。一九七八年正月十一日，父亲去世。一九八〇年十一月二十七日，爷爷去世。四年时间，与喜哥朝夕相处、相依为命，与喜哥最亲最近的三位亲人先后离开了喜哥，离开了我们。几十年过去了，喜哥总是念念不忘。

喜哥回忆说：爷爷叫李月明，大名李凤西，一九〇一年农历七月十二日生。曾记得小时候奶奶给爷爷做碗面条，说今天是你爷爷的生日。曾祖父先后娶三位妻子，郭氏（双庙人）是爷爷的母亲。爷爷丧母以后，曾祖父后娶姬氏（姬照河人）、陈氏（康瞳或是谢瞳村人），都是丧妻续娶。二爷李改明，不知是姬氏生还是陈氏生。李改明先后娶霍氏、封氏,无子。

爷爷与奶奶婚后生四子,长子李保印,二十二岁准备娶亲时,被国民党军枪杀。次子李连印,大名李保忠,是我的父亲。三子幼年病死。四子李发,大名叫李保堂,是我叔父。父亲比叔父大十一岁。后来称为老大老二,实为老二老四。

爷爷中等身材,偏瘦,老年谢顶,很像列宁头,留一撮山羊胡,精神矍铄。爷爷殷勤强干,脾气不好,看到子孙干活怠慢或达不到他的要求,好吵人,但对待外人很好。没记得爷爷和外人吵骂过一次。爷爷的一生饱受风霜,少年丧母,家境又贫寒,随继母生活。青少年时军阀混战、土匪横掠,加上著名的灾荒年民国九年、民国三十二年,坡流水,河无主道,遍地从西往东常年漫流,饿殍遍野,穷人家卖儿卖女,光爷爷辈分的本家女孩就卖掉三四个,可我爷爷苦苦支撑,我们家一个孩子也没卖。这就是爷爷一生中最大的功绩。

爷爷经历了抗日战争、解放战争,帮助穷人打天下,没有做过星点坏事。他辛苦劳作,勤俭持家,先后置买了十几亩地。土地改革,打土豪分田地,共产党发布"土地大纲"时,我们家又分到几亩地。记得一九五六年参加农业社前,我们家已有二十几亩地,还有一辆破大车,喂了一头牛。在那战乱的年代,家里穷,爷爷给本村地主申万世当长工。因为农活精炼,又好又快,时常带领长工们劳动,热心教诲农友活计,被长工们亲切地称为"老令公"(老领工),这个雅号一直叫到人民公社时期(一九五八年以后)。

一九五六年成立农业高级社,每个村都成立了生产大队和生产队。爷爷被选为生产队主管生产的队长,当时他已经快六十岁了,是农活技术把式。记得生产队收割小麦,当时没有农业机械,全是一镰一镰人工收割。一个二十来岁的小伙子申长月要和爷爷过招,比赛谁割得快,约一个多小时,爷爷比他多割了一招地(两耧通地长),而且又快又干净。小伙子佩服地说:"月明大爷是上鞋不用锥子——真行(针行),真是老令公。"一年麦季,生产队把麦个子拉到了打麦场上不久,天气阴沉,大雨将至。男女社员忙着垛垛,爷爷和另外几个社员负责上垛,爷爷把麦个子摆放有序,压踏严紧,结果一场大雨过后,爷爷垛的麦垛只漏水一两层,另几个年轻人垛的麦垛则几乎是一漏到底。

爷爷对子孙管教很严格,干活性急,为了生计,让父亲和叔叔很小就做笨重的农活。父亲没上过学,叔叔也只上了两年小学,他们的文化是自己边劳动边自学的。但在做农活时,爷爷叫他们拼命干,使唤人少有爱惜,为的是多收点粮食,尽早摆脱贫穷。听父亲和叔叔说过这样几件事:有一次犁地,让父亲和叔叔与一头牛一起拉犁,他在后面扶犁。不知父亲他们怎么拉得不合爷爷的心事,爷爷也不吭声,却猛地用力抽父亲背在肩膀上、正拉得很紧的皮绳。父亲猛地倒退几步,肩膀上被皮绳勒出了血。父亲含泪不敢吭声,回家后见了奶奶,才哭了一场。还有一次耙地,如果他上耙上,怕拉不动,就让叔叔(才十来岁)上在耙上,他和我父亲配一头牛在前边拉,结果一启动,叔叔没有站稳,掉在了耙框里。爷爷明明看到了,却硬是把叔叔拖了一段距离,叔叔的大腿上擦掉了一大块儿皮。还有一次,他们父子三人在东北地劳动,西北风骤起,天上乌云飞速而来,叔叔说:"爹,咱快回吧,大雨来了。"爷爷说:"到地南头再走吧。"我父亲不敢说话。结果一霎时,大雨倾盆而下。他们父子无处可藏,只好躲在牛肚下面。父亲回家后病了一场。这些事情给父亲心灵上造成永久的创伤。我更是从小就惧怕爷爷,他叫我和他一块拾柴或者是晚上打水浇菜地，我是极不情愿的。

爷爷是个不疼爱自己儿孙的人吗？那绝对不是。他存心是要磨炼我们，要我们像他一样能干。他内心对儿孙还是很亲很爱的。我娘去世后，爷爷怕我年轻的父亲和我们害怕，就主动搬到我们屋里和我们做伴。一九五八年前后，有一年，叔叔患了肠梗阻，住进了魏县医院。父亲因需要照顾我们姐弟，不能陪在叔叔床边，爷爷一人陪叔叔在医院。叔叔日夜腹疼难忍。常殿臣外科医生要给叔叔做手术，当时的县医院技术条件特别差，爷爷看了临近病床的手术后病人，有的死了，有的肚子流脓。爷爷担心手术不成功，但又怕不做手术好不了，主意不定，心烦意乱，含着眼泪，不停地抽烟。后来，我叔叔保守治疗痊愈了。我叔说："那时你爷不吃不喝，一直在病房内来回走，一晚上能抽两三盒烟，眼睛都红了。"一九六〇年前后，低指标，大食堂，人们没有哪一天哪一顿能吃饱饭，经常饿着肚子。一年夏天，爷爷给双井中学盖房子，早走晚归。我每天晚上躺在院子里，等着盼着爷爷回来，因为爷爷每次回来都会给我带回一个半个黄窝头。吃着那玉米面做的黄窝头，是那么地香甜。可是，别人哪能知道，爷爷当泥瓦匠，累得腰疼胳膊酸的，每顿饭才只有一两个黄窝头啊。他是舍不得吃，忍着饥饿留给我的。爷爷勤俭持家，逆境求生，是家庭事业的开拓者，可以毫不夸张地说，没有爷爷的拼搏，就没有我们现在的一家。爷爷于一九八〇年农历十一月二十七日去世，享年八十岁。

这本来是一篇写给我的敬爱的喜哥的文章，但是有意无意间写了这么多的人，写了这么多的事，甚至还要写一个家族的百年历史。但是，行文至此，如鲠在喉，不吐不快；卧榻之上，辗转反侧。那就随它去吧，心之所想，笔之所及。讲罢爷爷，再说说我的奶奶。

喜哥回忆说：奶奶姓李，双庙村人，生于一八九六年，属猴。她的哥哥叫李信。奶奶在世时从未过过生日，也没有提起过何月何日是她的生日。不知道是她本人不知道何日生，还是因为家境贫寒不过生日。奶奶吃苦耐劳，勤俭持家，一辈子没有享过福，但她无怨无悔。一九六二年过春节时，家中仅有一斗麦子三元钱。我问过奶奶："咱家最穷时穷到啥样？"奶奶说："不记得是哪一年了，过年下（春节）时，家里只有三升高粱。没有一粒麦子，没有一分钱。一分钱能憋死英雄好汉。"在我的记忆里，奶奶一生粗棉土布，没穿过"洋布"，更别说绫罗绸缎了。但是奶奶本人的衣服和全家人的衣服都缝补浆洗得干干净净。奶奶慈祥和善，从不跟家人和街坊邻居吵嘴闹意见。

奶奶中等身材，稍高，偏瘦，头发花白，在脑后挽一个小小的纂，饱经风霜的脸上有几道明显的皱纹，手指因终日劳作、缝补浆洗、纺花织布、家务农活而变了形，手指干扁，指关节发粗。奶奶有一双小脚，奶奶洗脚时我看到了她的脚趾都弯折到脚心下边。奶奶走路很快，从不慢慢腾腾。

我的母亲去世后，已经快六十岁的奶奶擦干眼泪，像亲娘一样开始全力承担起抚养我们姐弟的责任。隔代亲情和没娘孩子的可怜，使奶奶对我们格外心疼。奶奶洗衣做饭、缝补衣被、做鞋做袜，操劳终日。因为家里穷，记得给我做棉袄时，用她亲手纺织的粗布染成枣紫色，做成棉袄。我们姐弟正处于快速生长发育期，做的鞋袜衣服跟不上生长的需要，常常有鞋小穿不上脚的时候。奶奶就不断地拆改，有时候把擀面杖伸到鞋里捣一捣，把鞋扩大。一九六三年姐姐出嫁时，也是奶奶给她准备的铺盖衣服和嫁妆。从我记事起，奶奶每顿饭总是捡孬的吃，饭少了就不吃或少吃，都是让我们先吃。

一九七六年秋天，一向硬朗的奶奶突然病了，不能吃饭，下咽困难。到双井医院诊断为食道癌。我给奶奶买药、打针、输液。奶奶的病情越来越重。快到春节了，我给奶奶亲手做了两次饭，一次是干芫荽花稀疙瘩汤，小半碗。奶奶吃下了。爷爷说："就你做的，你奶奶能吃下。"隔了几天，我又自己动手给奶奶包了饺子，数了数，我对奶奶说："一共三十五个。"那一次，奶奶只吃了几个，不像喝疙瘩汤那样顺利了。为了消除奶奶的精神压力，其实看来奶奶好像没有什么压力，我给奶奶找来了电唱留声机，唱几段豫剧名段。奶奶略有点眼花，耳朵却不背。奶奶高兴地说："我在听唱嘞。"一九七七年正月二十一日，奶奶开始神志恍惚、不会说话，液体输不进去，针眼处和前臂用手一挝就出血。儿孙们都守在身边，我父亲、叔叔、姐姐一刻不离。半夜过后，正月二十二日凌晨，奶奶撒手人寰，享年八十二岁。

奶奶断气后，全家人痛哭一场，我和父亲、叔叔、姐姐更是心碎。奶奶一生抚养伺候了我们家几代人，特别是我们姐弟，奶奶的恩情胜过亲娘。经商量并征求了爷爷的意见，奶奶在家里最后住了五天，正月二十六日葬于东北地老坟。

四、勤奋工作

喜哥的简历很简单。一九六六年九月至一九七〇年十月，薛庄公社卫生所医生；一九七〇年十月至一九七三年四月，大马村公社卫生院院长；一九七三年五月至一九八二年十一月，双井区医院办公室主任；一九八二年十一月至二〇〇一年十二月，双庙乡卫生院党支部书记、院长；二〇〇二年一月至二〇一五年一月，魏县第二人民医院（原双井医院）医务科主任，其中二〇〇七年十二月退休后,原单位返聘原职务;二〇一五年一月,因病离开工作岗位。

简历看似简单,经历却是很不简单。喜哥整整工作了四十九个年头,工作到六十八岁。如果不是病魔夺去了他的工作权利,喜哥现在很有可能还在工作岗位上。四十九年中,他当了四年的医生,当了十年的办公室主任,先后两次当了十九年多的院长,当了十三年的医务科科长。

这是一份了不起的成绩单。喜哥卫校毕业,在薛庄公社卫生所工作四年之后,便脱颖而出,直接担任大马村公社卫生院院长。由于喜哥管理有方,业务精通,加上喜哥口才好、文笔好,汇报工作思路清晰、有条不紊。他的才华很快被双井片区医院领导看中。喜哥在双井医院办公室主任的位置上一待就是十年。这是一所片区医院,医院规模大、医务人员多,要想当好办公室主任并不容易。而喜哥在这里得心应手。上世纪八十年代初,我已经到了双井中学读书。那时候,中午或是下午放学后,我经常到喜哥那里去。每次去,都会看到他忙碌的身影。不是收发文件,就是接打电话,要不就是安排工作,更多的时候是伏案写材料。好像他有忙不完的工作。我有时候在喜哥那里混一顿饭,改善一下伙食。喜哥有时候给我几斤粮票。有一次,喜哥给我送了一本《新华字典》,字典的扉页上潇洒地写着他的名字。我爱不释手,保存至今。那时候,我就觉得喜哥有知识,有文化,是我学习的榜样。喜哥一米七五的身高,国字脸,浓眉大花眼,行事干练,意气风发。喜哥不仅文章写得好,字也写得漂亮,这一点我是永远赶不上了。

一九八二年底,喜哥到双庙卫生院工作,任党支部书记兼院长。那时候的双庙卫生院,规模小、人手少,条件落后,效益极差,可以说是破破烂烂。面对落后的被动局面,喜哥开出了两味药方,一味是以病人为中心,看好病,服好务,让病人满意;另一味是千方百计提高效益,拴心留人,开创新局面。为了实现这一奋斗目标,喜哥率先垂范,以身作则。喜哥当了几十年的主任、院长、科长,但他本质是一名称职的医生,他勤奋学习、精通中医西医,他热爱医务工作,治病救人是他终身追求的目标。喜哥亲自坐诊,热情周到地为病人看病。喜哥是个善良的人,他一生都把病人看成自己的亲人。能一次看好,他不会让病人跑两回,能花一毛钱看好,他不会让病人花两毛钱。他自己这样做,他也要求他的团队这样做。就这样"李院长亲自坐诊看病,双庙卫生院的技术好,双庙卫生院看病省钱,态度好"的口碑在当地老百姓中间迅速传开。病人一天天地多起来,医院的效益也一天天地好起来。

喜哥在双庙卫生院工作了十九年。十九年里,他和他的同事同甘苦共患难,结下了深厚的友谊。在他的带领下,这所医院面貌焕然一新,规模不断扩大,医疗条件不断改善,医务人员不断增加,病人数量不断攀升,经济效益不断提高,成为全县数一数二的乡镇医院。但喜哥还是喜哥,他一直住在申村的老屋里,和任何一个普通的农家没有两样,他一直骑着他的破旧的自行车上班下班。喜哥两袖清风,一尘不染。喜哥是一个称职的医生,是一个合格的共产党员。

二〇〇二年,年近五十五岁的喜哥,本来可以退居二线了,却被组织再次委以重任,调回魏县第二人民医院任医务科长。这所医院就是原来的双井医院。但已经今非昔比,不仅名称变了,而且规模扩大,科室齐全,队伍庞大,病人剧增,医患矛盾突出,管理难度很大。二〇〇七年,本来可以退休回家的喜哥,再次被医院挽留返聘，并且担任原职务，直到二○一五年一月。他在医务科长的岗位上整整干了十三年。医务科，顾名思义，就是负责医院医疗事务、调处化解医患纠纷的综合性业务科室，工作任务繁重复杂。医务科长，在很多时候和场合，都是代表院方、代表院长出头露面、处理事务、安排工作的，位置不可谓不重要。在这个人浮于事的年代，一个六十开外的老头子，凭什么被院方一次又一次地挽留重用呢？拿现在时髦的话说，他有什么样的核心竞争力呢？我想了很久。一是他高度负责的敬业精神，二是他驾轻就熟的业务知识，三是他一心为公的高尚品格，四是他优秀娴熟的组织协调能力。这些优秀品格是现在许多年轻人所不具备的。

我没有进行过仔细的统计，但我可以肯定地说，在喜哥工作的四十九年里，每年的正月初一，绝大多数时间，他都是在医院的值班岗位上度过的。年轻时，他说老同志要回家过年；老年后，他说青年人要回家过年。就这样，每年的正月初一在单位值班，他几乎包下了。把小事做到极致，那就不是一件小事。进入中老年后，喜哥变成了大背头，眉毛更浓，双眼皮更花。微微发福的他，从侧面看，极像赵忠祥，很多人都这么说。喜哥对我说："我像赵忠祥，你像周总理，我们都是正面人物。"是啊，喜哥一生都充满了正能量，一身都充满了正能量。

在繁重的工作和劳动之余，喜哥还多年潜心研究申村的历史和我们的家族历史，有的写成文章，有的记成日记。

喜哥说：申村一带一直有"十三圪塔头"一说。"十三圪塔头"是一组村落群的总名称。何时有了这一名称，已无据可考。据清乾隆二十二年修《万佛寺七圣祠》石碑记载已有此名。此碑现存于狮子口村东头大街北侧新修的大庙内。石碑正面左侧由上而下写着"直隶大名府魏县南路圪塔头"右侧由上而下写着"皇清乾隆贰拾贰年岁次丁丑年拾壹月中旬"字样。经查对乾隆二十二年应为公元一七五七年,距今已有二百五十八年历史。

十三圪塔头包括:连圪、狮子口、郭圪,以上三村现为狮子口村;申圪、张街、葛街,以上三村现为申村;王圪现为王村;朱圪现为朱村;马圪现为马村;李圪包括小李村和大李村,现为大李村;岳圪即岳村,现在也划归大李村;何台,在小李村北,也有说在岳村西南,现在已经不存在,不知何时何因消失。这是一个村落联邦或叫"一个会头",实际上就是这十三个村共有一座大庙,共赶一个庙会。

这座庙就是现在位于狮子口村东头路北的大庙,与申村连在一起。这座庙是在原址上重修的。小时候听爷爷奶奶及父亲讲,大庙有两进院,有大殿、抱厦,有关爷大殿,有石碑,还有无数的小铜佛神像。每年的六月初六,大庙会首要晒经,很多布"祖德"(家谱)都要拿出来晒太阳。还有五常小鬼手拿铁锁链,不知内情的陌生人进庙时不小心踩上暗藏机关"活小机",小鬼立刻就会把铁锁链套在你的脖子上。还有挖眼、抽筋、剥皮、捣磨、下油锅等布画,警示人们不要做坏事。庙里还有外地来的和尚种地化缘。管理庙的人称"会首",有大会首、会首之分,负责平时的用人、派款、修缮及过节过会时挂灯笼等管理事宜。曾祖李自(之)连的大哥李自(之)桂就是一名会首。

二〇〇六年正月初七,我到大庙旧址,这里已于二〇〇〇年重盖了前后两座房子为庙堂大殿,重新立了一块石碑记录本次重修情况及捐款人名单。后院庙殿前,左边重新把乾隆二十二年石碑立起,字迹已模糊不清,右边是民国十四年岁次乙丑年四月重修时石碑,碑身高大,做工精致,碑冒有蟠龙,碑身刻画,两边各十幅。碑文正楷书写,文字隽秀,刻工精良,今人少有能与之相比。碑文大意是七圣祠万佛寺重修碑记:东院七圣祠,西院万佛寺,不知创建何时,但查阅碑记知,乾隆二十二年、嘉庆九年、咸丰六年、光绪六年、民国九年已五次重修。在碑面右侧上下写着:中华民国十四年岁次乙丑年四月。这些字占碑身右上部二分之一,其下刻该碑的撰文、校正、重阅、书丹人的职位及姓名:直隶高等警察学堂毕业、山东临淄县警佐刘景祎重阅;廪生郭弼亮撰文;增生张金堂校正;法政毕业郭举贤书丹。这四个人名也都是上下写的,头衔不管几个字,四个人名字一般高低。在"中华民国十四年岁次乙丑年四月"这行字的右边,也就是紧靠碑的右边处,从上到下依次写着大小会首的名字,共有三四十人。右下角处刻着:南邑千佛石工桑田治。碑的背面阴刻着捐款人姓名,竖行,共有十多栏,其中有我曾祖父李之连的胞兄李之桂的名字。

我是谁?我从哪里来?我的祖先是谁?这是每个人都想知道的,但并不是人人都能知道。喜哥对研究申村李氏一族的族谱一直十分热心,平时多有留意,看到的就记在心里。从二○○六年开始,他与村上的李保群、李景修等人多有探讨。每逢春节闲暇几日,他多次走访了李保群家、李书明家、李发平家、李怀臣家、李连军家,实地查看家谱,走访家中老人,特别是记性好、有文化的老人。像李保群的父亲李跃青的回忆,喜哥认为较为可信,像李怀臣家的族谱应该比较准确,因为李怀臣的父亲李德瑞是比较有文化的,家中族谱就是由他填写,而且是从申村李氏老族谱上抄写的一个分支。喜哥是个做事严谨的人,依据现有资料,他基本上查清了我家一族的历史概况。

要问祖上来何处，山西洪洞大槐树。我的祖上就是从那里走出来的，祖上先在魏县的李骈村安家，不知多少年后，有一支迁到了申村。"文化大革命"前，喜哥在李德顺家见过最老的家谱，上面写着：一世祖李文起，二世祖李千，可能还有李万，四世祖李秋。"文革"时期，族谱被焚毁。三世祖、五世祖、六世祖、七世祖不可考，成为不解之谜。一至三世祖葬在李骈村，四世祖李秋在申村立祖，葬在当时的申村东地，离村约半里地，大路北侧约十五至二十丈处。"文化大革命"时期，可能是一九六七年，坟被平。几十座坟墓夷为平地，仅有的两块墓碑被推倒砸碎。这里被称为东老坟，东老坟上分"老八股"，申村李氏一脉从此蔓延开来。

到了八世，李义秀在申村东南、狮子口村东各一里处立祖，为八世祖，配申氏，后人称此墓地为"南老坟"。此地安葬着八世至十三世先人，李荣耀、李德荣一支葬至十五世。九世祖李明儒，配郭氏；十世祖李五福，黉门秀才，配李氏；十一世祖李汝俄，配郭氏；十二世祖李甘霖，配李氏、曹氏；十三世祖李跨兆，配氏无法考证。李跃青曾对喜哥说："南老坟共有三股，咱两大家各为一股，李学为一股，李学小名章焕，绝户了。"十二世祖李甘霖有四个儿子：长子李跨兆是我高祖父；次子李跨麒是李荣耀、李德荣的爷爷，到十六世绝户了；三子李跨麟，是李长敬、李自春的父亲；四子李跨征，是李之富、李之兰的父亲。这就是现在我们家说的"老四股"。

十四世祖李之连是我曾祖父，是十三世祖李跨兆的次子。李跨兆及其长子李之桂、三子李之敬都葬于南老坟，李之连葬于东北地（俗称弯腰地）立祖。坟地为"巳时"向，向口东南，属携儿抱孙式,茔路左边为儿子辈,茔路右边(西边)为孙子辈。祖父李月明及其弟李改明是十五世,葬于茔路东侧,父亲李保忠辈分为十六世,葬茔路西边。这块茔地是块风水宝地。

五、病魔袭来

二〇一五年一月二十日,农历十二月初一,大寒第一天,四九第三天。俗话说:大寒小寒冻成一团,三九四九冻破石头。可今年的冬天异常地热。我们全家人这几天更是心急火燎、坐卧不安地等待着一个关于喜哥的来自医院的判决。下午六点,侄女振华哽咽着从邯郸打来电话:诊断结果出来了,是胃癌,说已经到了晚期。"能不能治了?""医生说到大一点的医院,看能不能治。""那就赶快,别耽搁时间。""这几天已经给长沙我大叔联系了,准备到长沙去。""你要坚强,在你爸爸面前不能哭啊。"其时,我已泣不成声。

二〇一四年端午节,我回老家申村。中午吃饭时,我发现喜哥站在门口,用拳头猛力捶打胸部。我心中一惊。"大哥不舒服?""不要紧,可能是心绞痛。""赶紧到医院检查检查。""不要紧,吃点药就好了。"我离开家乡还是不放心,就电话催促侄儿振维,一定要带上他去医院检查检查。遗憾的是到邯郸医院没有查出问题。农历九月九日端阳节,是喜哥的生日。瑞斌哥回家给喜哥过生日,我在黄果树瀑布给喜哥打电话,祝他生日快乐。那天喜哥好像还喝了一点酒。

二十一日晚上八点钟,喜哥在振华振维的陪护下来到长沙。瑞斌哥及嫂子、侄女、女婿一家人在车站迎接。由于哥嫂侄女都在长沙市中心医院工作,人熟、情况熟,提前已经做好准备。所以，喜哥一到，直接住进医院。我和喜哥通了电话。告诉他，我和五弟会尽快赶到长沙，赶到他的身边，在他最困难的时候，我们弟兄会站在一起，共渡难关。喜哥很是感动。

一月二十四日，星期六，延安阴天，预报有雪。我在心中祷告，千万不要下雪，否则，二十六日我就赶不到长沙，赶不到喜哥的身边了。我和五弟一早从延安出发，由二虎开车。途中商洛遇雪，武汉遇雨，夜宿武昌。二十五日，阴雨绵绵，雾锁洞庭。好像整个南国都泡在凄风苦雨之中。下午一点，我们弟兄终于在长沙市中心医院瑞斌哥的家中团聚了。喜哥面色蜡黄，眼睛惨白，整个人瘦了一圈儿。看了令我十分伤心。

就在喜哥过完六十八岁生日后，他肯定已经意识到了自己的病情。因为他自己就是医生，开始吃点治心绞痛的药还起一点作用，但到后边就不起作用了。大嫂说，他经常自己检查，看眼睛、看口腔，用手检查颈部和腋下。大嫂动员他去检查，他不肯，而且不让告诉任何人，包括子女。直到有一天，喜哥开始吐血，大嫂这才担惊受怕地告诉了二嫂，二嫂利英赶紧告诉了振华。这才有了前面的检查结果。

在瑞斌哥嫂的精心安排下，第二天就开始进行全面检查，补充血蛋白，为手术做准备。在检查之余，为了减轻喜哥的思想压力，瑞斌哥及嫂子带上喜哥参观了韶山毛泽东故居和花明楼刘少奇故居。喜哥是第一次坐高铁，第一次到长江以南。他第一次看到了下在冬天的雨，开在冬天的花。烟雨朦胧，绿树森森。喜哥暂时忘记了痛苦，心情也好了许多。

二十五日下午四点，我们到湘江边坡子街湘菜火宫殿吃饭。那里生意兴隆，人头攒动。我们一家人围桌而坐，各种颜色、各种形状、各种味道的小吃摆满了餐桌。喜哥孤零零地坐在那里，我们看得出，他在极力克制自己的情绪，以免失态。我们给他夹菜，说些轻松愉快的话题。可是喜哥还是没能控制住自己的情绪。喜哥一时间泪流满面，眼圈都红了，喃喃地说："这么远，兄弟还来看——"我们一家人围着一桌美食，在大庭广众之下，一起流泪。这是喜哥术前最后一顿晚餐，从此，他的体内不在有胃。凄风苦雨愁煞人，亲情涌动总是春。

湘江在不远处滔滔北去。

二十六日上午八点半，雨下个不停。喜哥躺在了手术室护工推来的手术车上。我们想帮着推一把，护工不让。我们只好跟在后面。振华哭着对喜哥说："爹，别怕啊。"喜哥点点头。从喜哥无助的眼神里，我仿佛看出了一丝留恋不舍与恐惧。

手术室的门慢慢地打开，喜哥被护工推了进去，接着，手术室的门又悄悄地关上。那一刻，就像是生离死别，我不知道大哥从那里进去还能不能出来，生着进去还能不能活着出来。那道门就像是一道生死关、鬼门关。我在心里为大哥祈祷，我的眼泪在眼眶里打转。此后，我们在通风阴冷的楼道里开始了漫长的长达数小时的煎熬和等待。

手术室门的左上方有一块电子显示屏，喜哥进到手术室后，开始上面显示术前准备，又过了一段时间，显示术中。手术约一个小时后，等在门口的瑞斌哥说："走吧，我们外面走走。"我们知道等待是漫长的、痛苦的。我们在树木森森、鲜花绿草、假山环绕、曲径通幽的院子里散步，可我们的心一刻也没有离开手术室的门口，我们的话题始终围着喜哥展开。瑞斌哥说："手术能进行一个多小时，说明手术很顺利，如果手术后很快就结束了，那大哥就没有希望了。看来,大哥还有希望。"瑞斌哥仰着头,盯着远方阴沉沉的天空。瑞斌哥曾经是一位军医,后来转业来到这所医院,他对这间手术室太熟悉了,他在这间手术室里不知为病人做过多少手术,不知给多少病人解除过病痛折磨。瑞斌哥也是一位有贡献有故事的大哥,以后有机会再向读者介绍他的故事。

下午一点多,显示屏上终于显示苏醒中。不久,手术室的门缓缓地打开了,喜哥被推了出来。我们呼啦一下围上去,振华喊:"爹。"喜哥显然听到了女儿的呼唤,他轻轻地颔首示意。我看见喜哥脸色苍白,闭着眼睛,鼻腔、口腔、腹部插着管子。护工很快就把喜哥推进了重症监护室。我们只能透过一方小小的窗口向里张望。医生、护士进进出出,给人一种紧张的气氛。我们眼睁睁地看着喜哥受罪,我们无能为力,我们一点忙都帮不上。我们就像是局外人一样,在楼道里无助地等待着。我的脆弱的情绪再也控制不住了,我跑到楼道的拐角处,失声痛哭起来。

那一刻,我是真真切切地感受到了死亡的威胁。我觉得死神就在那里狡黠地游荡。我在祈祷上苍的同时,甚至做好了面对死亡的准备。喜哥是个乐观豁达之人,假如真的到了那个份上,他是不避谈论生死的。人生固有一死,世上岂有不死之人?人无论富贵贫穷,死后大都搭个灵棚,棚前都要写上溢美之词。那么,大哥百年之后的棚前会写上什么样的内容呢?我想应该是:勤俭伴君一生,仁孝桑梓留名,师范楷模。由我亲撰亲写,这绝非溢美和虚妄。

二十六日二十七日喜哥都在重症监护室度过。我们只被允许轮着进去过一次,每次几分钟。喜哥两眼无神、疲惫虚弱。我问大哥:"疼不疼?"他说:"疼。"大哥说疼,我们既帮不了他,又替不了他,我伤心极了。二十八日上午,喜哥终于回到了普通病房。二十九日上午,喜哥遵照医嘱,下地活动,开始只是站一会儿。看到喜哥在如此短的时间里就坚强地站起来了,我们喜出望外。喜哥说:"你看,我都好了,你和五弟可以回去了。"我说:"看到你能走动了,我们就回去"。三十日,喜哥开始在病房内活动。三十一日上午九时,我们要离开长沙了,喜哥在振华振伟的搀扶下执意把我们送到电梯口。他微笑着向我们道别,身上穿着白条病号服,腹部插着管子,手里提着袋子。我们不放心地离开长沙,穿过南国的雨,进入冰天雪地的北国之中。

　　喜哥的病牵动了许多人的心。连日来,家里人、亲戚、朋友、同事、乡亲,关心的电话几乎打成了热线。大家纷纷表示要钱出钱,要力出力,只要能帮忙,干什么都可以。连侄儿外甥都纷纷把钱打到长沙,表示一片心意。在新乡工作的姐夫和姐姐,一天几次电话,每次都是泣不成声,几次表示要前往长沙守在大哥身边,关切之情难以言表。当得知喜哥已经站起来,开始下地活动时,所有的人都非常高兴,奔走相告。是啊,这个大家庭不能没有喜哥,没有喜哥的生活是不可想象的。上帝给了喜哥一个生的机会,给了我们和子女一个尽孝的机会。如果再晚几天、十几天、一两个月,后果不堪设想。今年的农历九月九日,是喜哥的虚岁七十岁寿辰。家里人为他祝寿,在外工作的人纷纷打去祝福的电话。喜哥很高兴。生日过后,又到邯郸进行了全面复查,结果一切正常,甚至比想象的还好。振华高兴地在第一时间告诉我。我连日来一直悬着的心终于落了地,眼里又溢满了热泪。苍天不亏行善人,好人终有好福报。

六、仁孝勤俭

喜哥是一位医生,医术就是仁术。他的职业就是治病救人。医者,救人也;仁者,爱人也。喜哥爱亲人、爱朋友、爱乡邻、爱病人。喜哥从医近半个世纪,他医治过多少病人,他曾经为多少病人解除过病痛,我只能遗憾地告诉你,不计其数。无论是当医生还是当院长;无论是在单位还是在家里;无论是白天还是晚上;无论刮风还是下雨;无论年轻时还是老年后,喜哥终其一生,只要病人需要,他都是一位全职的医生。喜哥是一位爱岗敬业的人。

喜哥是个受传统文化影响很深的人。逢年过节,端午中秋,喜哥都会给祖先烧纸敬香、上供磕头,毕恭毕敬,丝毫不会马虎。有时,喜哥还很自责,遗憾爷爷奶奶父母在世时没有得到很好的照顾。为了弥补,他把这份爱无私地给了他的叔叔婶婶,也就是我的父亲母亲。几十年来,喜哥从来都是早请示晚汇报,一日三餐,嘘寒问暖,无微不至。晚上,喜哥就会和家人一起聚在我父母身边,拉家常,说笑话。喜哥是个幽默风趣的人,他讲的故事和笑话常常令人开怀大笑。一家团聚、其乐融融,父母因此而高兴。作为一个侄儿,喜哥所做到的,为万千亲生儿女所不及。父母多年有病,吃药犹如家常便饭。特别是到了晚年,一天三顿都是大把大把地吃药。为此,喜哥都是一包一包地把药包好,放在床头。母亲以前有脑梗、心脏病,前几年突然又得了眼底出血,脑梗要活血,而眼底出血要止血,还有其他病,年龄又大了,情况十分危险。为防不测,家里商量把瑞斌哥也叫了回去。经过两位医生哥哥精心会诊、巧施妙药,母亲又一次逢凶化吉、起死回生。可以毫不夸张地说，如果没有喜哥，我的父母亲可能也活不到今天。

喜哥生在农村，长在农村，长期工作在乡镇卫生院。他从来都没有离开过家乡和土地。喜哥热爱劳动，他是一个勤劳的人。繁忙的工作之余，他总是一身泥一身土地和农民站在田间地头，谈论季节和收成。在我的记忆里，喜哥经常是天不亮就下地劳动，然后回家吃饭，然后便匆匆忙忙地去上班。下班后，经常是直接下地劳动，直到披星戴月回到家里。有一天傍晚，为了赶农时，喜哥在地里顶着星星锄地。其他人看见了，说："成斌啊，可别把草留下了，把苗锄掉了。"喜哥虽为医生院长，但他一生都是农民。喜哥是属猪的，但他的性格更像是一头牛，一头不知疲倦的老黄牛。

喜哥又是一个节俭的人。喜哥小时候受过罪，吃不饱穿不暖，忍饥挨饿。在双井上学时，有时候饿得路都走不成，只能扶着墙根走路，冬天下课后，就坐到太阳底下晒太阳，抵御饥饿和寒冷。一粥一饭当思来之不易，一丝一缕恒念物力维艰。喜哥就是这样一个人。喜哥的人生信条就是奉献。一碗饭，哪怕是一碗稀饭，只要是还能吃，他都决不会倒掉，一件衣，哪怕是一件穿了很久的旧衣，只要是还能穿，他都决不会扔掉。喜哥做了一辈子的医生院长，但他几乎都是早出晚归。早上在家里吃饭，晚上回到家里吃饭，中午在单位上有时候吃自己带的饭，热一热，凑合吃一点，有时候干脆不吃。很少在单位灶上吃饭，到街上酒店食堂吃饭那更是少之又少。他的俭朴，近乎吝啬。他的俭朴，不要说同事们难以理解，就是农村的农民也不能理解，甚至大嫂和孩子们都多有怨言。喜哥很知足，喜哥很幸福，喜哥不以为然。过年了,喜哥终于穿上了"新衣服"。他高兴地对大家说:"上衣是大兄弟瑞斌买的,裤子是五弟慧斌买的,皮鞋是三弟泽斌买的。这叫三结合。"其实,那"新衣服"已经很旧了。喜哥就是这样一个人,"很傻"。

学高为师,德高为范,喜哥是我辈的师范楷模,名至实归。像他那样,做一个有品德有学识的人;像他那样,做一个能担当有贡献的人;像他那样,做一个行仁义遵孝道、勤劳节俭的人;像他那样,做一个不求索取只求贡献,鞠躬尽瘁、死而后已的人。喜哥是一个具有高尚人格魅力的人。匹夫不敢言国,当哥当如喜哥。一个人如果对社会、对事业有担当,对家庭、对弟兄、对子女、对后人有贡献,那他就一定是师范楷模了。

喜哥不仅是个医生,而且是一个有修养有文化的人。在繁忙的工作和劳动之余,喜哥爱看书、爱学习,记日记,写文章。二十世纪七十年代末,我已经到双井中学上学,那时候我就知道喜哥有"文豪"的美称。他聪慧过人、强记博闻,经过大量调研和回忆,写了关于申村李氏家族、关于爷爷、奶奶、父亲、母亲等一系列的回忆文章。这些文章为我的写作提供了大量的翔实的第一手资料。为了最大限度地保持喜哥写作时的心情和文风,最大限度地保留喜哥的心血和劳动成果,我在使用这些资料时,除为了叙述方便的需要,进行了大量的调整和对个别字词语句进行了修正外,基本上采用了喜哥直接回忆的办法。

我的祖上名字由文而起,到了十世,竟出了个黉门秀才,尽管可能是个穷秀才,到了我的父辈,弟兄两个竟然都是自学成才,能写会算,学识出众,堪称村中秀才。到了我辈,早已没有了科举制度,但喜哥绝对是个秀才,学识渊博、文采出众。由此,我始终觉得我家一族隐隐乎有一股文脉在传承,写下这些啰唆的文字,一是为后人做个交代;二是期望后人中有超乎我辈者,能树雄心、立大志、成大事。马尔克斯有他的小镇马孔多,莫言有他的高密东北乡,而我的心中也有一个申村。此文写成,心中犹如磊石落地,谢谢我的好大哥。

2015 年 10 月 21 日重阳节

家族

Spring Time

曾经三怕

　　我是一个警察，小时候在申村长大。上树捕蝉，下河摸鱼的事经常干。蜥蜴、壁虎、屎壳郎，都敢放在手里玩，甚至连长虫都不怎么害怕。可我偏偏害怕毛毛虫。无论是绿色的、紫色的，还是鲜艳的红黄绿花色的，只要是指头粗细、肥嘟嘟胖乎乎、一动它就打滚儿翻卷扭摆的毛毛虫，我都害怕。长毛的还好一些，最害怕的是光溜溜不长毛的毛毛虫。

　　二孬是大孬的兄弟，是三孬四孬五孬的哥哥，他是我们的邻家，我们常跟着他到地里去割草。一天，我们割完草在一片坟地的一棵老柳树下凉快。二孬就上到树上捉了一个柳叶般大小碧绿碧绿的毛毛虫。趁我们不注意的时候，二孬把毛毛虫撂到了我头上。毛毛虫从我头上滚到后脖子里，在那儿扭动了几下，凉凉地掉进了我的布衫了。我"妈"的一声连哭带嚎撒丫子就跑，三魂丢了两魂。我边跑边把布衫摔掉，一口气跑出去五里地。从此，就落下了害怕毛毛虫的毛病。只要一看到毛毛虫，头皮就发紧，后背就起鸡皮疙瘩。

一九八六年秋天,延安火车站那里那时候还是一片菜地,豆角、茄子、莲花白、大白菜,从二庄科沟口到柳林桥头,好大一片,也有少量的玉米。路两边全是高高的杨树。翁翁郁郁地在空中合在一起,形成一条绿荫通道。傍晚下起了雨,成群的乌鸦在那里翻飞盘旋。

　　那时候我在柳林派出所上班,晚上要回单位去。到了晚上十二点多了,雨仍然下个不停,我只好冒雨步行回单位。从五一三医院出来,大街上路两边还有昏黄的路灯,偶尔还有单位建筑里透出的一点点灯光,像一双双窥视的眼。一过二庄科沟口,就到了荒郊野外,阴天夜黑,几乎是伸手不见五指,还要过那个白天都阴森森的绿荫通道,我心里有点胆怯,头皮有点发紧,后背有些发凉。但开弓没有回头箭,只能硬着头皮往前走。雨不停地下着,被雨水打湿了的杨树弯着腰,在风里轻轻地摇摆着向我压下来。乌鸦在睡梦中失了脚,扑棱棱地在树枝间跳跃,"呀呀"地寻觅着新的落脚之地。

　　我心生恐惧,想跑又不敢跑,想出声又不敢出声,低着头朝前走。无边的黑暗向我袭来,像掉进了大海里,像走进了地狱里,四周埋伏了无数的小鬼。越想越害怕,越怕越不由自主地四处张望。突然,恍惚中我看见右前方路边隐隐约约有一团白光。我走它也走,我停它也停,好像抱住了我的腿,又好像搂住了我的腰。我的头发都吓直了,头上的汗像雨水一样唰地流了下来。走是不能走了,我圪蹴在那,慢慢回头看,发现那东西并没有跟我来,还在原地没动。我壮了胆,我是警察不能怕。我又慢慢靠近,它还没动。我飞起一脚踢过去。它轻飘飘地从我头顶飞过,溅我一身泥水。我也不敢恋战,也不敢久留,就倒退着离开那里,一直过了柳林桥,才转过身跑回单位。第二天一早我又去看,想弄清到底是什么东西,原来是花圈上的一朵大白花。

一九八六年初春,天还非常寒冷,老黄风刮得天昏地暗。山狼岔发生了命案。多年前从榆林来了一个光棍儿木匠,给一户人家做完家具后,就住在了这户人家的闲窑里。后来这户人家的儿子大了,该结婚了,需要地方,就让这个老木匠腾地方。老木匠住惯了,不想腾,双方就发生了矛盾。趁着一夜的老黄风,老木匠起了杀心,将男主人砍伤后,跑到对面五里远的沟里,在一棵柳树下上吊自杀。

亮晃晌午,正午的太阳像个蛋黄,发着昏黄的光。老黄风飞沙走石,一股一股从沟里刮出来,天上翻卷着玉米叶子,地上小旋风滴溜乱窜。"新警察,敢进去看看吗?"赵恩昌所长对我说。"敢。"我说。说完我就有些后悔,但不去是不行了,我向沟里走去。

老黄风"嗷嗷"地叫着,山上的树发疯似地摇摆,像有人在那摇晃,一团一团的干棉篷从山上滚下来,"呼噜噜"地向沟里滚去。我硬着头皮向沟里走去,一边走心里一边打鼓。越走越远,越走沟越深越窄,我越害怕。正在我害怕之际,"扑棱棱"从山上飞起一群野鸡,野鸡惊起一只野兔,野兔慌不择路,从我两腿之间穿裆而过。就在我狼狈不堪惊魂未定的时候,沟道向右一转,突然之间,一个人站在了我的面前,上下跳跃,手舞足蹈。我一个趔趄,一屁股坐在地上。黄土迷了我的眼。当我睁开眼睛的时候,那个人转过脸来晃晃悠悠朝我走来。我一个后滚翻跑出去五十米,回头看看,那人也没有来,我才知道看错了。那人不可能走过来了。回到村上,所长问我看见了没有,我说看到了,他有点不信。我说黑棉裤黑棉袄,六十来岁,半蹲在一棵碗口粗的老柳树下。他们信了。

当警察三十多年了,看到了一个又一个恐怖的现场,见得多了也就不害怕了。只有那毛毛虫,至今让我害怕,只要一看到毛毛虫,身上就不舒服。

2014 年 12 月 22 日冬至于安塞值班

延安三棵树

延安有三棵树,一棵是国槐,在棉土沟,延安市中医院的楼背后,三人难以合抱,树龄三百岁以上;一棵也是国槐,在凤凰山旧址门前,延安宾馆东侧,原市委接待办院内,现在正在建设的凤凰广场上,两人难以合抱,树龄二百六十九岁;还有一棵是核桃树,在延安新城北区,与市行政中心隔一条大道的市公安局院内楼前,一人不能合抱,树龄二三十年。

这三棵树,其貌不扬,土生土长,就像一个一个的山里人,朴实无华,它们实在算不得嘉树名木,恐怕在延安城里知道它们的人也不多。我无意间走近了它们,它们立刻引起了我的注意。这就是缘分,我和它们也许有前世的缘分?它们没有被英国人誉为"世界柏树之父"、风雨五千年的轩辕柏那样高贵;它们没有雍容大度、姿态优美、树龄八百年的迎客松那样天下知名;它们也没有嵩阳书院那棵被林学专家测定为树龄四千五百岁我国现存最古最大,属原始森林植物,被誉为"活着的文物""稀世珍宝""华夏第一柏"、赵朴初老先生留诗赞颂"嵩阳有周柏,阅世三千年"、两千二百年前被汉武帝刘彻亲封的"二将军柏"那样的阅历和身世。这些树，我都亲眼所见，亲手抚摸。它们的根如龙似蛇，在地表盘旋起伏，深深地扎向大地，它们的表皮，像钢铁像岩石一样坚硬。抚摸它们，就像抚摸我的先人一样，只能叩拜和仰视。

新区有棵幸运树，是一棵幸运的核桃树。树干大约只有一米多高，树冠圆圆的约有十米高低。我再次见到它时，已是甲午年的冬季，叶子已经落了，树上竟然还有十几个核桃挂在枝头。上到树上用力一摇，摇下十几个熟透了的核桃。由于它的幸运和神奇，在附近施工的工人给它身上挂上了许多的红布。他们说这是棵神树。我的理解，神树就是神奇的树。一棵核桃树有那么神奇吗？新区北区在二十多平方公里的范围内，仅挖土方两亿立方米，填土方一亿六千三百万立方米，土方总量达三亿六千三百万立方米。在这一范围内，原地表沟壑纵横，山头林立，一片林海。要数那里有多少树，无异与数天上有多少星星。指头粗，胳膊粗，碗口粗的槐树和少量的其他树密密麻麻，漫山遍野，不计其数。春夏之交，槐花开了，那一带茫茫苍苍，一眼望不到尽头，就像下了雪。为了新城，这些树全都牺牲了生命，做出了贡献。然而，我惊喜地发现，有一个例外，核桃树奇迹般地活了下来。它成了新区挖方填方范围内唯一活下来的一棵树。而且是一棵枝干粗壮，像模像样的核桃树。它因幸运而神奇，因神奇而传奇。

因了这棵核桃树的缘故，我又想起了老城里的老树来。从延安大学附属医院对面的小巷进去，原来有一个小院，以前是延安接待办在那儿办公，现在包括延安群众艺术馆、延安文联那一大片建筑全都拆了，正在建凤凰广场。就在那个小院当中，有一棵老槐树。上个星期天上午,我去拜访它时。它已经站在了正在建设的凤凰广场的边上。它的脚下是建筑工地十几米的大坑。一圈铁栅栏将它围在中间,保护起来。它的树身挺拔有力,以前好像受过伤,有树瘤突起,它的两枝侧枝伸向冬日的蓝天里,像两只伸直的食指和中指,打着胜利的姿势。凤凰山北麓,一代伟人在此居住。他可曾在这树下拴过马? 抽过烟? 喝过茶吗? 他可曾在树下踱步思考那篇著名的国策《论持久战》? 伟人与这棵乾隆十年的老槐树肯定有过对视和交流,从而悟到了坚持就是胜利的道理。

树干上钉着一块蓝色的树牌,上面写着:国槐 。别名:家槐,中槐;科属:豆科,槐属;树龄:268 年(植于乾隆十年,公元1745 年);保护等级:三级古树;换牌时间:2013 年 10 月;管理责任单位:凤凰山旧址管理处。这个小小的树牌,给我们传递了很多信息,不仅使我们知道了它的名字,科属,树龄,更重要的是使我们知道,它受到了非常好的保护。正在施工的工作人员告诉我,为了保护这棵树,凤凰山广场的设计方案一变再变,数易其稿,最终给它让出了生存的空间。听了这个故事,我深受感动,对设计施工人员的良苦用心,心中充满了敬意。老树无言,下自成蹊;葱茏华盖,荫我子孙。

棉土沟那里有陕甘宁边区保安处旧址,也就是公安部的前身。前几年到那里去就会路过一棵老槐树。就在中医院的墙背后紧贴着墙。它的树身朝着宝塔山的方向倾斜,虽然已经空心,但看得出生命力依然顽强,枝繁叶茂,罩下一片浓浓的绿荫。当我再去看它时,情况令我震惊。它没了树冠,半截身子斜斜地站在冬天的风里,多半个身体已经空了,只剩下半张十来公分厚的树皮,空心的树皮里明显被火焚过。它可怜兮兮地站在铁栅栏里。栅栏边上放着一把尚未移走的躺椅。

我抚摸着它,有些伤感。但倔强的生命并没有死去,树干的上部又长出了细细的枝条,树干的底部从地下又长出了一棵一米来高的小树。这棵老树应该是明末清初已经生活在这里了,它是看着宝塔山一天天地长大的,在它的年轮里一定珍藏着太多太多的故事吧。它们能活到今天,是怎样地躲过了一次又一次的自然灾害、社会变革、战火兵燹和城市变迁呢?它们肯定也是一次又一次地遇到了贵人的帮助和手下留情。

延安三棵树,两棵国槐树在老城,一棵核桃树在新城。三棵树遥相呼应,互致祝福。我们欣喜地看到,它们的存在价值正在受到前所未有的重视,它们的生命正在受到前所未有的保护。在它们周围,大地正在由黄变绿,一场绿色革命正在爆发。

2014 年 12 月 17 日于安塞

　　大约是一九八六年初冬的一个午后,天灰蒙蒙的,从北草地上溜过来的寒流像狼一样夹着尾巴四处游荡,伺机发威。朱延明同学穿着军用黄大衣,戴着火车头棉帽子,冻得像猴一样,从西安开回一辆崭新的警用三轮摩托车。我围着摩托车转了八圈,就像是看到了奔驰、宝马,眼睛都看直了。有了摩托车,腿就长了。我们商量去安塞看同学。出延安城,逆延河而上,顺着蜿蜒崎岖的山路前行。那时感觉安塞离延安真是好远好远。延河两岸的山灰溜溜、光秃秃的没有一棵树。

　　同学相见分外高兴。吃羊肉,到安塞不吃羊肉等于没到安塞。我们到公安局门口临街的一家羊肉馆,每人一大碗羊肉。我们一边吃羊肉,老同学一边介绍安塞羊肉。那时候安塞的羊都是放养的,山山洼洼都是羊,就像天边飘荡的云。关键是安塞的羊吃的是地椒草,喝的是矿泉水,看的是安塞腰鼓,听的是贺玉堂的民歌。它们不仅吃得好,而且精神愉悦,肉自然鲜美好吃。我们吃完羊肉又弄了四个菜:一个椒盐花生、一个泡菜、一个鸡爪子、一个猪耳朵。在隔壁的小卖部里又买了四瓶蔡山大曲。回到单位办公室里开始喝酒。那时候喝酒不比现在,与时俱进,花样翻新。以前就是划拳,谁输谁喝酒。现在又是打点子又是玩扑克。什么香港九七回归、十八硬、二十四硬,什么捉鬼、扎金花、梦幻金花,最近又开始流行美女缠身。下午下班开始喝,一直喝到半夜。瓶也倒了,人也倒了,我也倒了。天上的星星挤眉弄眼,眼神迷离,好像也醉了。同学一边一个把我架到薄壳上的一间客房去睡觉。其实他们也全都醉了,我只是受到了格外的照顾,喝得多一些,醉得狠一些而已。

后半夜,嗓子里开始冒火,想喝水。肚子里的羊肉、鸡爪子、猪耳朵、泡菜、烧酒开始往上涌,一股一股的,一涌一涌的,感到劲儿越来越大,有时就快要冒到喉咙里来了。涌上来又咽下去。心里想一定要坚持住,头一回来看同学,关键是还带着对象,吐了丢人现眼。黑暗中,一边想着喝水,一边胡乱地把棉被掀开,翻身到床边的桌子上去摸水。结果水杯子"哐啷"一声,惊心动魄地打翻在地,一杯水全倒在了地上。这一惊非同小可,一股酝酿已久的浊流从口腔里喷涌而出,满口满口地像出膛的子弹一样哇哇地射了出去。有的喷到了墙上,有的喷到了桌子上,大部分喷到了脚地上,还有的流到了床沿上、褥子上。不大的一间客房里顿时弥漫了令人作呕的酸臭气。吐完了,趴在床上,身上冒出了一层细密的汗珠子,像虫子一样顺着脖子往下爬。浑身燥热难受,在床上不停地翻,不停地打滚儿。

不知过去了多少岁月,窗棂上那只不知是那个巧手婆姨剪出的大红公鸡亮了起来。有人敲门进来了,我迷迷糊糊睁开眼睛,发现自己睡在潮湿冰冷的地上,身下胡乱地压着一条棉被。棉被四周散落着没有消化完的羊肉、鸡爪、猪耳朵和泡菜,棉被上一片一片油渍黏黏糊糊。对象走了进来，立即用手捂住了鼻子，哇哇地差点吐出来，捏着鼻子把客房收拾完。我们顺着延河返回延安。我像抽了筋一般，蜷缩在车斗子里。半路上停了几回，圪蹴在已经长出两排洁白狗牙的河边呕吐。其实肚子里已经无物可吐，吐出来的无非是些黑水和红水。呕吐物污染了一条清澈的正在结冰的河流。平生第一次知道了酒的厉害，平生第一次写下了永不再喝酒的《戒酒保证书》。

保证书并没有保证几天。身体一恢复，就又投入了一场又一场的战斗。一九九三年春，我荣升为派出所所长。有了好事，同事好友要祝贺。祝贺哪有不喝酒的道理？中午下班开始喝，四五个人五六瓶烧酒。一喝，又醉了。醉了就赶紧送回家去。朋友把我送回了家中。一进家门，天旋地转开始了，心想赶紧找沙发先坐下再说，还没到沙发跟前，一股浊物喷涌而出。沙发上、地上，痛快淋漓地吐了一堆。一斤烧酒、二斤茶水，加上红烧肉、回锅肉、西红柿炒鸡蛋，花花绿绿，五味俱全倒了一地。沙发没上去，一个马爬，栽倒在呕吐物里。双手撑地想起来，越扒拉滩场越大，恶心之状，不忍细述。又不知过去了多少岁月，妻子领着上幼儿园的儿子回来了。恨不是恨，骂不是骂。赶紧把我从呕吐物中拉出来。先把地上打扫干净，又把我的衣服扒了，又把沙发套子去掉，把我抱到沙发上。嘴里还想吐，幼小的儿子就用毛巾给我擦嘴。不一会儿，儿子也醉了，哇哇地吐了起来。我在沙发这头吐，儿子在沙发那头吐。呕吐物不仅污染了整个房间，还污染了一个幼小的心灵。

晚上，朋友来看我，见我难受异常，说："前几天，我也喝醉了，没办法，只好到妇幼保健院打了一针，很管用。"我听到了这句话，像是溺水之人抓住一根漂来的稻草，开始喊叫："我要打针，我要打针。"我一直喊了半夜，可针到底是没有打。后来，这句话成了一句笑话，一直被朋友们说到现在。

　　妻侄儿一直跟我在延安上学，大学毕业后又顺利地找到了工作。天大的喜事，哪能无酒助兴。亚圣大酒店那时候是延安最高的楼，是一个标志性建筑。中午开始喝，喝到下午四点。我当场就吐了一桌子。大家一看，现场直播了，完蛋了，喝不成了，这才散伙。朋友把我背到车上，开车把我送到马家湾家属院。呕吐物从吉普车的门缝里流出来，从南门坡一直流到马家湾，污染了整个一条街道。邻居一看不行，有危险，到医院看看吧。又把我往医院拉。从家属院到南桥沿途有几家诊所。人家出来一看是醉汉，直摇头，失望地说："看不了，没办法。"最后没办法了，把我送到了柳林王家沟梁大夫那里。梁大夫是我的朋友，收留了我。

　　其实，从我的躯体趴到桌子上那一刻起，我已经离开了我的躯体，我嫌那躯体臭，像个臭皮囊。我离我的躯体有三尺高的距离，先是在酒店天花板上，后来又趴到了吉普车的车顶上面。我像一只隐形的小鸟一样，一路跟着我的躯体，就害怕走散了。走散了，我的躯体几天就会变臭，很快就会变成一把粪土，我也就会变成孤魂野鬼，无所依附。

　　街道两边的酒店里，小饭馆里，坐满了喝酒的人，个个涨红着脸，扯着嗓子划拳，面目狰狞。我看见一个人喝醉了，悄悄趴到他耳朵上告诉他，"别喝了，那是毒药。"那人恼羞成怒地说："废话，毒药我也得喝下去。"脖子一仰，一饮而尽。南桥桥头路边有一个小公园，有几棵老柳树，其中一棵被一辆吉普车撞倒了，树皮剥落，露出白花花的树干。吉普车车头被撞烂，满地玻璃。路边躺一个人，脑浆倒了一地，像豆腐脑，恶心。我想吐。

两个醉汉在打架,说:"喝醉了不能开车,你非让他开。看我要你的命,拿命来。"说着打成一团。此时,整个城市的上空飘荡着阵阵酒香。

梁大夫把我的躯体抬到房子里,放到床上,就像放一块没有骨头的肉。又见他戴上听诊器,又是听心脏,又是号脉。很快就在胳膊上吊上了液体。妻子一会儿用热毛巾擦我的嘴,擦我的脸,一会儿又擦我的脖子和双手。一群人围着我坐立不安。

天快亮的时候,我从天花板上下来,从天灵盖的缝隙处钻进了躯体内。我的躯体动了一下,像充了气注了水一样,变得圆润活泛起来,颜色也由土灰色重新变成了肉色。我睁开眼,又活了过来。一群人头碰头围上来,问:"还喝酒不?"我闭上眼睛,有气无力地说:"不喝了。"

他们一起哈哈大笑。

2014 年 12 月 1 日改定　晴天　零下 11 度

警察人生

掐指头一数,你当警察已经三十二年。一个个危难现场,一次次危机时刻,一回回赴汤蹈火。脸朝外,背对着家门,向着荆棘丛林,向着刀光剑影,向着刀山火海走去。这几乎是一个警察人生定格的镜头。

深夜,太阳睡了,月亮睡了,整个世界都睡了的时候,而你经常睁着星星的眼睛,直到天亮。只有枕边的手机陪着你,无论风霜雨雪,无论春夏秋冬。你就像是手机上的一个零件,只要手机一响,你就会弹跳而起,夺门而出。特别是在夜深人静的时候,特别是在风雨交加的时候,特别是在万家团聚的时候。你是那样的无牵无挂,你是那样的义无反顾。

你有家吗?你有妻儿老小吗?你好像没有听见,但身体却缩了一截儿。没有看清你的脸,没有看见你的眼。

面对滔滔洪水,你跳了进去,再也没有回来;面对熊熊火海,你冲了进去,再也没有回来;面对闪着寒光的匕首,你迎了上去,再也没有回来;面对即将闪爆的炸弹,你扑了上去,再也没有回来。你逆着慌乱的人群前行,你迎着敌人的刀枪前行,你迎着风浪前行,你迎着火光前行,你迎着危险前行。

难道,你不知道什么是危险吗？你不怕死吗？你从不回答。其时满身疲惫,蓬头垢面的你,像一块铁,冷,硬,铁石心肠。

你把他们从洪水中救出来;你把他们从火海中救出来;你把他们从寒光闪闪的匕首下救出来;你把他们从即将闪爆的炸弹旁救出来;你把他们从人贩的手中救出来。你不知道他们是谁,你也不知道他们叫什么,但他们知道你是谁,他们也知道你叫什么。在瑟瑟的风里,在漫天的雪里,在瓢泼的雨里,在你的葬礼上,花,成了海洋。他们站成了山,站成了海。他们站成了铜墙铁壁。你笑了,在空中。

面对一个个被你救出来的人,面对一个个你帮助过的人,面对一个个鳏寡孤独可怜无依的人,你泪流满面,心中充满了爱。你像春天的风,吹遍大江南北,暖意融融;你像春天的雨,随风潜入夜,润物细无声。你像一汪水,柔,软,柔软而多情。

山绿了,水碧了,公园里花开了。小蜜蜂在花间忙碌,小鸟在枝头鸣唱,情侣们在水边缠绵,小孩子在绿荫间嬉闹,鸽子在湛蓝的天空里盘旋。你从他们身边走过,年轻的妈妈给你一个微笑。她指着你问漂亮的宝宝:"那是谁呀？"宝宝喃喃地说:"警察叔叔。"

你听到了吗？你听到了,你肯定听到了。你的脚下稍作停顿,然后耸耸肩,挺挺胸,继续向前走去。你走过山川,走过河流;走过日月,走过星辰;你走过苦难,走过幸福。步伐是那样坚定,信念是那样执著。没有看清你的脸,没有看见你的眼。

你从北国的沙漠中走来,你从南国的丛林中走来,你从风中走来,你从雨中走来,你从茫茫人海中走来。你迎着阳光走来,披了一身的朝霞,步履匆匆,从容坚定。我要看清你的脸,我要看见你的眼。

2014 年 12 月 19 日于安塞值班

警察的故事

　　最近一次见到曹买平是去年的冬天,在我们公安分局的大门口。天很冷,曹买平穿得却有些单薄,头发似一团枯草,脸上冻出了鸡皮疙瘩,鼻尖下流着一滴清鼻,三十来岁的他双手袖在一起,看上去有些可怜兮兮的。他看见我有些激动,跑过来,双手抓住我的手使劲地摇晃。他说好长时间没来了,今天来是想看看老王,想老王了。显然他已把老王当成了自己的朋友。老王是分局信访办的返聘干部,信访办共有三个人,另外两人是蒋莹和返聘干部老呼。当我告诉他老王已于去年的秋季因病去世了的时候,曹买平瞪大了眼睛,张圆了嘴巴,"不可能吧!"他显得痛苦而又无助,像是失去了亲人,眼圈儿都红了。曹买平没有去信访办,转过身走了,单薄的身影消失在严冬里。

　　曹买平是个可怜人。二十世纪六十年代,他出生在一个山大沟深的偏僻农村,很小的时候就失去了母亲,也没有念过几天书。后来继母来了,还带来了一个姓侯的弟弟。光阴荏苒,转眼到了二〇〇一年十月份,已经三十几岁的曹买平也没有娶上老婆。一天，继母的儿子找到曹买平，要给他介绍婆姨，曹买平高兴得是屁颠屁颠的。尽管曹买平知道这姓任的女子与侯某有染并生有一女，他还是在没有结婚登记的情况下以七千八百元的彩礼娶下了这个女子。可是好景不长，几天后，这姓任的女子提出要与曹买平分手并不辞而别。曹买平可是赔了媳妇又染性病。媳妇没了，彩礼没了，病得上了，真是该有的没有，不该有的有了。要知道那彩礼是他们家几十年的积蓄，有分分钱，有角角钱，有块块钱，放在那里就是一大堆。那钱里面有他们全家人的汗水，有他们全家人的体温，那彩礼就是他们全家人的命。

曹买平开始四处寻找讨要彩礼。两个月后，曹买平终于打听到姓任的女子回到娘家后不久，又与绥德县薛家河乡一农民结婚。曹买平撵到绥德要讨个说法，结果是遭到了一顿暴打。在绥德曹买平又找了所有应该找的公家部门，但没有一个部门理会这个老实巴交的异乡人。无奈之下，曹买平回到延安开始了漫长的上访告状之路。其中辛酸，个中滋味岂是三言两语能够说清。二〇〇五年分局刑警大队受理此案并进行了大量的调查取证工作，但结论是该案系婚姻纠纷不属于公安部门管辖范围。曹买平不能接受这一结论，继续到处上访告状。四月，分局信访办受理此案，在调阅案件材料的同时，再次对案件的所有当事人进行了进一步的调查核实工作，最终查清了事实真相。此案虽然构不成婚姻诈骗案件，但已经给当事人曹买平造成了很大的财产损失和精神压力，同时查明彩礼钱任某并未得到而是全部由侯某拿走。本着对人民高度负责的态度，我们对侯某施加压力，晓之以理，动之以情，迫使侯某主动交出了全部彩礼。把钱直接交给曹买平，信访办的同志们不放心，怕在路上发生意外,所以决定亲自登门送还。

四月的一天,我们来到了曹买平的家。沟很深,山很高,那家只不过是在山上挖出的三个土窑洞。当我们把崭新的七千八百元钱和带来的慰问礼物放到老人家的手上时,两个老人泣不成声。老人不会用语言表达感情,他们表达感情的方式就是哭泣和流泪。他们哭成了泪人,那是辛酸的泪、伤心的泪,那是激动的泪、感激的泪。我们和他们一起流泪,那是幸福的泪,愧疚的泪。为他们做了一点点事,他们竟用如此隆重的方式来感激我们。我们的思想受到了教育,我们的心灵受到了震撼。

2007 年 4 月 29 日星期日于延安

手下留情

当了几十年警察,查办过多少案件,处理过多少人,是很难说清楚的。但有一个小案件至今我还记得。

快过年了,小城里充满了年味儿。二道街、百货大楼周围,人头攒动,喜气洋洋。年货琳琅满目,堆积如山。为了确保春节期间祥和稳定,宝塔公安分局的民警全部上街值勤,有的全副武装荷枪实弹,有的乔装打扮。

话说腊月二十七这天下午,防暴巡警大队民警正在百货大楼附近巡逻时,发现一男一女正在马路边进行什么交易,男的给了女的一百元钱,女的给了男的一张卡片。他们看见巡逻的民警时,脸色紧张,女的立刻就离开了。民警迅速上前盘问,男的讲花一百元钱制作了一个身份证,并跑出去一百多米,协助民警将那个女的找到。他们很快被移交到了凤凰派出所接受进一步的调查。

当晚,派出所民警把案情全部调查清楚向我汇报:男的是这个小城一所大学的大四学生,家在河南省农村。身份证丢了,买不到火车票，急着过年回家，就从那个女的那里花一百元制作了一张自己的身份证，身份证信息真实。女的是制贩假证件的，通过那个男同学的大力配合，找到了制贩假证的窝点，缴获大量假证。他们建议一是将女的刑事拘留，二是对男的作治安处罚，行政拘留五日并处罚款五百元。我说对女的刑事拘留我完全同意，制贩假证必须要严厉打击；对男的处罚我考虑是不是重了些，还有没有其他处理办法。办案民警说，他们也考虑了这个案件的特殊性，已经是按照《中华人民共和国治安管理处罚法》第五十二条第二款，从轻处罚了。按照《中华人民共和国治安管理处罚法》第五十二条有下列行为之一的，处十日以上十五日以下拘留，可以并处一千元以下罚款；情节较轻的，处五日以上十日以下拘留，可以并处五百元以下罚款。我说，这样吧，你们把案件报法制科，共同探讨，看还有什么办法，人先不要拘留，明天上午共同研究。办案民警同意了。

第二天上午，办案民警和法制科的民警如约来到我的办公室。法制科的民警汇报说，案件他们进行了把关，认为已经是最轻处罚了，再没有其他更好的办法。

听完民警的汇报，我说昨天晚上，我对这个案件进行了认真的思考，按照我们平时的办案程序和春节来临社会治安从严管理这个客观实际，拘留这个同学没有任何问题，那么，我们为什么从昨晚到今天没有拘留呢？我就是觉得哪里不妥。我翻阅了《行政处罚法》和《中华人民共和国治安管理处罚法》，我讲几点看法，我们共同研究：一《行政处罚法》第二十七条第二款规定：违法行为轻微并及时纠正，没有造成危害后果的，不予行政处罚。这个案件是不是违法行为轻微并及时纠正、没有造成危害后果呢? 二《治安管理处罚法》第十九条:违反治安管理有下列情形之一的,减轻处罚或者不予处罚。第一款:情节特别轻微的;第五款:有立功表现的。那么,这个案件当中,情节是否特别轻微? 是否有立功表现呢? 三《治安管理处罚法》总则第五条:治安管理处罚必须以事实为依据,与违反治安管理行为的性质、情节以及社会危害程度相当;办理治安案件应当坚持教育与处罚相结合的原则。结合以上两点,对这个同学我们能不能不予处罚而进行批评教育呢?

办案民警和法制科的民警一致同意这个处理办法。他们说这样处理更能体现立法的基本思想和基本原则,有利于化解社会矛盾和促进社会和谐,具有更好的法律效果和社会效果。过去我们处理案件,往往只是对照法律分则条文,就事论事,生搬硬套,不注重总则的运用,其实,总则才是一部法律的最重要的部分,它是一部法律的思想和灵魂。准确把握总则,正确运用分则,才能使法律效果最大化。

他们说得太好了。再小的案件,对每一个公民来说都是大案,关乎着他们的切身利益,关乎着公平和正义。就这个同学来说,不拘留我认为是完全正确的,但如果拘留了,那也不会有错,可他就可能会被学校开除,后果十分严重。如果那样执法,法律效果会好吗? 还有社会效果吗? 后来,市局的同志说这个案子如果报到省厅,有可能评为精品案件。"案上一点朱,民间一滴血",法律深似海,究研无穷期。我们不追求精品,我们只追求公平和正义,是为执法者鉴。

2014 年 12 月 25 日于安塞

　　户口本背后的故事,已经过去四年了,很辛酸,也很令我激动。

　　二〇一〇年十二月二十九日,是个阴天,是个再普通不过的冬天的日子,有些冷,延河里已经结了白色的冰。住在高楼大厦里的人们可能感受不到,但是住在城郊的乡里人都已穿上了厚厚的棉衣。

　　这一天,对于两户居民来说,那可是非同寻常,是令他们激动万分的一天。他们的心里肯定充满了阳光,他们的身上肯定感受到了无比的温暖。他们像在梦中,在自己的家里,真实地从时任延安市公安局党委委员、宝塔分局党委书记、局长陈轩同志的手中接到了让他们磨破了嘴、跑断了腿、伤透了心,做梦都想拿到的户口本。他们双手捧着户口本,相互传看,脸上挂着笑,眼角流着泪。看到这一幕,我的心里五味杂陈,眼里也满含了泪水。

　　他们都是可怜人。

一户住在野狐子沟。弟兄两个，都娶了媳妇，都生了儿子。他们的爸爸据说是个南方人，南方哪里说不清楚，他们的妈妈是榆林人。他们两人早年在延安相遇，走到了一起，生下了弟兄二人。后来，爸爸走了，杳无音信。再后来母亲死了，两个孩子成了孤儿。小哥俩从小相依为命，讨吃要饭，长大成人。长大了，社会上处处都要身份证，可是他们没有户口，没有身份证。从此，小哥俩为了办一个户口本走上了一条多年的奔波之路。当我接待他们的时候，他们的文件袋里已经装满了各种各样五花八门的证明材料。有自己一次又一次写的申请，有许多邻居写的证明，有社区居委开的证明，有母亲老家出的证明，有舅舅写的证明，还有民警的调查材料等等，不下几十份。但是，多少年了，他们仍然没有上上户口。因为他们没有准生证，没有出生证，何况子女要随父母落户，要么随父，要么随母，而他们没有爸爸，没有妈妈。就这样，他们成了天不收，地不留，无处安身，没有身份的一对难兄难弟。他们一天天地长大了，又各自找到了自己的意中人。在没有户口，没有身份证，无法取得结婚证的情况下，他们还是各自生下了他们的儿子。儿子已经到该上幼儿园的年龄了，也上不了户口。六口人四个没有户口。为了取得户口，他们看够了人家的白眼，受够了世态炎凉。

另一户原来住在棉土沟。棉土沟滑坡治理，她们已经不知搬到何处。我已经记不得她们的名字，也没有见过她们，只是看到了她们的材料，知道了她们的情况。申请人是位母亲，有两个已经成年的女儿。她早年与丈夫离异，带着两个年幼的女儿到西安与人同居。她本打算把女儿的户口落到西安，可是一直没有办成，一拖就是十几年。个中辛酸，奔波之苦不难想见。后来,西安这个男人死了,男人的子女把她们母女三人赶出了家门。她们回到延安,棉土沟滑坡治理,原来的土窑洞也没了,从此,她们无家可归。而更可怕的是,就在此时,这位母亲查出了肝癌而且已经到了晚期。知道自己不久于人世,这位母亲想到了自己的女儿,她把她们带到这个世界,可她们连个身份都没有,连个户口都没有。她在学生的作业本上撕下两页纸,发出了她在这个世上的最后一个祈求。

鸟之将死,其鸣也哀;人之将死,其言也善。这两家人的遭遇,深深地刺痛了我的心。我感到我们的工作还没有做细做好。情况进一步核实后,我很快向公安局党委作了汇报。陈轩局长指示:特事特办,立即就办。两家的户口本很快就办好了。这时我又想,这两家的户口问题解决了,他们是幸运的,可是还有多少需要解决的户口而没有得到解决呢?能不能让局长上门服务,把户口本亲自送到居民手中?从而立下一个标杆,让更多的人行动起来,让老百姓活得真正有尊严,看到更多的希望呢?陈局长愉快地答应了。

那对难兄难弟的生活肯定在继续,那位母亲大概已经离开了人世,好歹她也了了一个心愿。生活还在继续,继续生活的人们,你们好吗?

2014 年 12 月 6 日星期六枣园家中

牛斗是个人名

　　牛斗是个人名。我到安塞公安局工作不久,一天中午从饭厅出来,在大厅墙壁的电子屏幕上,看到了牛斗这个名字,我很好奇。这时,从饭厅出来一个后生,有人告诉我说他就是牛斗。

　　牛斗一米七几的个子,小平头,毛眼眼,身体不胖不瘦,骨骼清奇有型。他很干练,像当过兵的人。我说你是牛斗,他说是。多大了,三十五。我说在哪个部门,他说缉毒大队。我说你这名字好啊,姓牛叫斗,精气神全都有了,他腼腆一笑。

　　后来我逐步知道了牛斗有胆有识很能干,是一位关键时刻堪当重任的干将和猛将。体校射击专业的训练和十六年警察生涯的历练,使他具备了战胜敌人的沉稳性格和强大的心理素质。现在,牛斗的名字已经改了,我们都叫他余则成。

　　话说二〇一四年九月,牛斗在工作中获得一条线索:长期向延安贩毒的华县女人冯某,近期有可能向延安贩毒且数量较大。贩毒人员都是属狐狸的,极其狡猾,要想侦察清楚,人赃俱获,何其之难。案件两月没有进展,牛斗火线请缨,决定火中取栗。牛斗心里清楚,两个月的单线联系,自己已经充分取得了冯某的信任。专案组同意了他的请求。经过进一步联系,冯某终于同意在延安交货。但是,何时交货,在哪里交货,都不确定,这给抓捕工作带来风险和难度。

十月二十一日,牛斗与另一名"同伙"上了冯某的车。上车后,冯某立刻收了两人的手机并关机。车子在延安兜了一圈后,出了延安上了高速,朝西安方向急速开去。交易地点发生了重大变化,一切计划被打乱。牛斗心里一惊,脸色变得异常难看。其他同志看到这种情况,心都悬了起来,不知如何是好。冯某关心地问牛斗:"脸色怎么黄了?"牛斗机智地说:"肚子疼,到前面服务区停一下,让我上个厕所。"在厕所里,牛斗长长地出了一口气,心想幸亏还留一手啊,否则,后果不堪设想。他迅速与后方取得联系并告诉后方:计划不变,交易地点可能是华县。同志们悬着的心又回到了原位。

果然到了华县。二十二日凌晨,冯某的上线突然通知取消交易,具体交易时间、地点另定。鱼儿在试探,渔翁心知肚明。牛斗面对冯某"生气"了,告诉冯某:人不能在一棵树上吊死,明天一早我们就回延安。到手的交易,哪能轻易放过。冯某有些急了,马上给上线联系。最后商定,明天上午交货。

二十二日上午,毒贩反复试探,牛斗巧与周旋。下午二时,毒贩要求再次变更交易地点时,牛斗又"生气"了。他对冯某说:"就在这个酒店交易,不能再变,我们来你们这里,人生地不熟,还怕你们抢呢。"因为不能再变了,这里已经张网以待。毒贩拗不过,只好同意在此交货。下午三时,冯某和她的上线束手就擒,缴获冰毒六百克。

在与华县的冯某"谈得火热"的同时,牛斗还与广东省东莞市的阿新"交朋友"。阿新有一批货想出手,"陕西的朋友"非常愿意帮忙,并希望能把货送到延安来。阿新嫌路线太长,危险性太大,希望"陕西的朋友"能到东莞去拿货。

一言为定。十月十六日,牛斗和他的战友们如约到了东莞。"陕西来的朋友"与阿新取得了联系。阿新十分狡猾,只联系不见面,交货时间地点不断变化,迟迟不肯露面。直到二十日,"陕西来的朋友"有些不高兴了,又"生气"了。阿新不得不同意在东莞市凤岗镇见面,商量交易事项。广东,那可是改革开放的最前沿,东莞,许多人一听这地名,心里就先怯了三分。而我们的牛斗,英勇果敢,单刀赴会。见面后,阿新瞪着眼睛,上下打量,围着牛斗转了三圈,对牛斗说:"陕西来的朋友,够哥们。"牛斗临危不惧,谈笑自若,从而彻底打消了阿新的思想顾虑。

当晚九时,阿新等三人如约来到了牛斗入住的龙庄酒店六一九房间。阿新要先验钱,牛斗要先见货。牛斗以一对三,坚持原则,唇枪舌剑,斗智斗勇。最后迫使阿新到楼下取来毒品,交到"陕西来的朋友"手中。正当阿新要拿钱的时候,送钱的朋友就来了。阿新和他的四名同伙,束手被擒。当场缴获高纯度冰毒一千零十克。阿新这个狡猾的狐狸怎么也想不通,在自己的地盘上栽在了"陕西朋友"的手中。

牛斗和他的战友们,在一个月的时间里,斩断了两条通向延安的贩毒通道。他赢得了战友们的尊敬,他像一面旗帜,高高地飘扬在腰鼓山上。

2014 年 12 月 12 日晴天于安塞

二〇〇七年十二月二十日，从下午开始，枣园镇全镇停电。晚七时，全辖区仍然漆黑一片。而此时却从枣园派出所的会议室里发出了明亮的烛光。跳动的烛光里，一场普通而又特殊的案件调解会议正在依法进行。参加会议的有枣园派出所所长丁杰、副所长周晓明、办案民警徐凯、冯虎、张志彦、镇驻村干部、枣园镇裴庄村党支部王书记以及案件双方当事人延安职业技术学院代表和裴庄村三户村民。会议由我主持。

案件并不复杂。延安十大工程之一、延安职业技术学院要在裴庄村的山上修三座铁塔，施工车辆要从半山腰上三户农民地里的便道经过，这段便道是农民自己修的。三户农民以"事先没有打招呼"为由，在这段便道上抢栽了约一千棵葡萄苗，阻断了上山道路。因此导致无法施工十多天，造成经济损失数万元。事情发生后，双方进行了多次调解，由于三户农民要价太高而没有调解成功。二十日上午，延安职业技术学院将情况反映到枣园派出所,而且从多方面考虑和从长远的角度考虑,希望此事能够调解处理。

说这案件普通是指在改革开放、城市扩张、征地拆迁的大背景下,这是一起司空见惯的纠纷,而且争议小、人数少、时间短、造成的损失也不大。按照以往的做法,只需派几个警察,保证强行施工,有胆敢阻挠施工的,警察配合相关部门做工作,仍然不听劝阻的,警察就抓上几个,拘留几个,即可平息事态。说这起案件特殊,是说在这起案件的办理中,我们将进行一种"尝试"。我们将尝试一种新的执法理念:和谐执法的理念。其核心内容是追求执法活动的四个效果:法律效果、社会效果、经济效果和政治效果。追求最小的执法成本投入取得最大的社会和谐回报。

党的十七大提出了构建和谐社会的宏伟蓝图,要求我们"要最大限度地增加和谐因素,最大限度地减少不和谐因素"。这就给我们的执法活动提出了更严更高的要求。我的体会是在整个执法活动中,特别是在处置大规模群体性事件中,要坚决摒弃那种简单的执法、粗暴的执法,坚决摒弃那种单纯为了执法而执法。这样的执法看似"服从命令"、"果断"、"见效快",实则已经严重地损害了党群关系、干群关系、警民关系,使大量的不和谐因素"沉积"下来,为我党以后的执政理国埋下了巨大的阻力和隐患。这样的执法不符合科学发展观的要求,与依法执政、科学执政相违背。

我们提倡和谐执法,就是要在具体的执法活动中,牢记科学发展观的要求,最大限度地增加和谐因素,最大限度地减少不和谐因素。就是要在我们的具体的执勤、执法、办案当中,特别是在处置大规模群体事件时,要以最大的耐心、最大的诚意、最好的服务,充分考虑党的利益、国家的利益、集体的利益和个人的利益,最大限度地考虑和照顾到各方利益,在错综复杂的矛盾纠纷、利益冲突中"求交集"。可化解的就化解,能调解的就调解,慎用法律意义上的警告、罚款、拘留以及强制措施。法律也是一种"资源",能不用就不用,能少用就少用,要节约着用,切忌滥用。古人云"兵者,国之重器"又云"兵者,不祥之器也"。警察是国家的一支重要武装力量,就是"国之重器",不到万不得已,是不可以随便使用的,否则就会产生大量的负面效应,这就是"不祥"。"慎用警力"就是这个道理。

枣园派出所接到延安职业技术学院的情况反映后,立即进行了全面调查,迅速查清了事实真相。有的同志认为延安职业技术学院是市上确定的重点项目,应该重点予以保护,农民的行为已经违法,应该依法进行打击处理。有的同志建议可以强行施工,如果有人出来阻挠,再进行打击处理。职业技术学院认为在工作中也有失误,以后还要长期在裴庄与村民相处,损失也不是很大,只要能尽快顺利施工,也希望此事和平解决。由于派出所的介入,三户农民已经明显感到了"压力",只要能挽回他们买葡萄苗的损失和人工工资损失,他们也不再固执己见,也希望此事调解处理,并保证以后不再阻挠施工。枣园镇政府及裴庄党支部也完全同意调解。在这种情况下,派出所的同志们统一了思想,决定调解此案。此案最终以一万元调解处理。实现了双方言和多方共赢的局面。会上我们还进行了法制宣传,使双方特别是农民受到了教育。此案的成功调解,实践了"和谐执法"的理念。事后我一直在想:

此案如果不调解,那么我们又将要付出多大的执法成本,由此而带来的后果又将是什么呢?

愿枣园派出所这束跳动的烛光照亮我们的整个执法实践活动。

2008 年 1 月 2 日

一到瓦子街，大山就完全绿了你的眼。白雨垂天，墨云缭绕，大雨洗过的黄龙山，青春靓丽，丰盈娴静，水淋淋地着一身新绿。仪态脱俗，仿佛仙境一般。

蜿蜒的山路像一条灰色的长蛇，或明或暗若隐若现地向大山里爬去，那绿色就一步一步登峰造极，绿到了极致。外地人来到这里，有些时空错乱的感觉，弄不清是在江南还是在陕北。他们哼着一首现代的古老歌谣而来，想领略一下黄土高坡的沧桑与荒凉，体会一下漫天黄沙从坡上刮过的无奈与困惑，却在滂沱的大雨中看到了满眼的绿色。他们站在白烟蒸腾的绿树丛中，无不惊诧起陕北的绿色来。

人口不足五万的黄龙其实是一片广袤的森林，面积约有二千七百多平方公里。山岭峭拔，山色苍翠，连绵起伏，像大海的波涛，一会儿远在天边，一会儿堵到眼前，一会儿天高云淡，一会儿遮天蔽日。你看山上那墨绿苍翠的油松，那伟岸高大的白杨，那表皮斑驳的白桦，像一顶顶绿色大伞，凸显出来。有朋友路过黄龙山，无意间写下了"林中多有栋梁材，老死不得出深山"这样的感慨。七十多种高大的乔木撑起了这方绿色的主体，成为这里的主宰。在林下、在林边，像花边一样伴生着六十多种灌木和二百一十四种草本植物。乔灌草各就其位，各施本能，把整个黄龙山装扮得雍容华贵、绿意盎然。那绿色中带着油性、带着水气、带着灵光，带着松柏的香味和泥土的芬芳。有了绿就有了鸟，有了绿就有了兽。黄龙大山里有以褐马鸡为代表的六十多种鸟类在鸣唱，有以金钱豹、野猪为代表的三十多种兽类在奔突。黄龙山是植物的王国，是动物的天堂。

黄龙的绿如果是一首诗，那它必是田园诗；如果是一首歌，那它就是信天游；如果是一部交响乐，那它的高潮部分就在大岭。大岭也叫神道岭，高耸入云，群山之冠。站在神道岭上但见群山起伏，苍龙卧波。一山退去一坡涌来，但见层层叠叠，了无边际。站在这波涛汹涌的神道岭上恍如世外，顿觉心旷神怡，诗情画意油然而发：

东南一隅突兀起，神道岭上有仙居，伸手摘得星辰落，俯视大河东流去。

据说天气晴朗的日子里可以看到奔腾向海的黄河。绿色是一种包容色，绿色是一种涵养色，绿色是一种生命色，绿色是一种希望色，绿色是一种未来色。绿色娱人眼目，绿色悦人性情。走进绿色，人们的眼就绿了，人们的胸就开了，人们的心就醉了。

黄龙人营林、造林、护林，使这里的林草覆盖率超过了百分之九十。近十多年来退耕还林、封山禁牧、天然林保护、"三北"

防护林建设,使黄龙成为全国八大防护林区、陕西五大林区之一,享有了"陕西的一叶肺"、"黄河绿洲"、"黄土高原绿色明珠"的美誉。黄龙山防风挡沙,成为陕北与关中之间的一道天然绿色屏障。

林区气候独特,降雨量充沛,水源涵养能力相当于一个容量一亿立方米的大型水库,润泽关中、庇护陕北、捍卫黄河。特别是黄龙大山夏无酷暑,就像一个天然的"空调",正日益成为人们避暑纳凉的圣地。除了绿色,黄龙山还有花团锦簇的春天,万紫千红的秋天,白雪皑皑的冬天。但我独喜欢它的夏天,喜欢它的绿色。它绿得自然大气,绿得纯真无暇,绿得赏心悦目,绿得沁人心脾。

还有一种绿色在大山之中弥漫着,看不见摸不着,但你无处不感受着它的存在,接受着它的恩泽,那就是黄龙山新鲜的空气。深邃的夜空像一湖清水,波澜不惊,洗净了几颗晶莹的星辰。我的每一个毛孔都打开了,我身体里的每一个管道都打通了,每一个肺泡里都愉快地装满了绿色的空气。在大山的抚慰下,在绿色和绿色空气的浸润之下,黄龙宁静安详,像黄河岸边的一块宝,又似陕北高原的一块玉。

无量山上的夜莺整夜叫个不停,声音像用黄龙山的泉水洗过一样清亮,声声穿破夜的星空,有时竟像是钻到我的耳内,在我的耳内鸣叫。夜莺的叫声像针像刺一样又尖又利,划破了凉爽的夜的肌肤,使得湿漉漉的夜更加神秘莫测了。

我神清气爽,精神愉悦。我幻化成龙,乘风而去。我一跃而至无量山巅,再跃而至神道岭上。我游于黄河两岸,大江南北。历五岳,游四海。我扶摇直上,直达九霄。金色的星辰像灯笼一样照亮银河,围我左右,一路照我前行。太阳在东边升起,月亮在西边落下，五彩的祥云布满了东南西北、上下左右，整个天空。我神游四海、目极八荒。我越泰山而至东海，东海龙王出龙宫浮波而迎，鼓乐震动，四海翻腾。我别东海入月宫，嫦娥花妆而迎，宫娥舞蹈蹁跹。桂花树下蟠桃含红，玉液飘香。嫦娥笑问人间事，我说最美还是黄龙山。

　　我牵挂黄龙，放心不下，遂辞别月宫，回到无量山上。山下人间灯火耀耀，宾馆商铺鳞次栉比，车少人稀，绿草花树，舒缓宁静。行道树上的每一片叶每一朵花都像擦过，人行道上的每一块砖每一片地都像用水洗过，清爽干净，纤尘不染。孔子说：智者乐水，仁者乐山。好像只有智者和仁者才喜欢山喜欢水。其实我们人类每一个人都喜欢山喜欢水。因为我们人是从水里来的，从水里爬到岸边的山林里，由林间的攀援而落地直立行走。虽然演化了亿万年之久，但那早期的记忆随着基因而流传下来。人们依然喜欢山喜欢水喜欢森林，那是远古的呼唤。在大山森林面前，人类永远是长不大的孩子。山水森林是人类永远的家，是离不开的精神家园。黄龙山庇佑我们五万年，也许它是我们最后的家园。

2014 年 8 月 5 日改定，雨。

乾坤湾

　　早晨起来,老天爷的脸就掉了下来,阴沉诡异,云角四垂,空气潮湿而又闷热。碧绿的草坪上冒着蒸腾的白烟,草尖儿上密密麻麻地挂着晶莹的露珠。花坛中粉红的月季,围墙边成排的垂柳,红瓦翘脊的亭台,曲曲弯弯伸向远处的小径,那晴朗朗的一切,此时全都披上了袅袅的岚烟。远山遮住了,被遮住在缥缈的云雾之中。几滴雨"吧嗒、吧嗒"生硬地落在水泥地上,真像是苍天的眼泪。他老人家不仅是个造物主,创造了日月星辰、山川河谷,他还是仁慈的化身,有情有义,普度众生。他不仅有眼泪,而且还会六月飞雪。在这样的周末,这样的时刻,我想起了秦晋大峡谷——黄河乾坤湾。

　　"你晓得天下黄河几十几道湾,几十几道湾上几十几只船,几十几只船上几十几根杆,几十几个艄公呦把船搬"。"我晓得天下黄河九十九道湾,九十九道湾里九十九只船,九十九只船上九十九根杆,九十九个艄公呦把船来搬。"一曲《黄河船夫曲》唱得黄河九曲连环,唱得船夫潸然泪下,唱得游人心驰神往,唱得人生荡气回肠。

　　我突然觉得乾坤湾是我的精神之师智慧之师。我是早就该去看它了。

　　乾坤湾，山路十八弯，山高路又险。县河穿城而过，把个本来就不大的县城一劈为二，街道建筑只能委屈地沿着河岸依山而建，给人一种支离破碎的印象。河中一年四季几乎没有水，夏秋之季，那河水也是黄汤滚滚，来也匆匆去也匆匆。从县城出来沿县河而下，道路曲折难行，行几公里之后，就开始上山。黄河岸边的高原，沟壑纵横，谷深坡陡。新开出来的一条细细的柏油路，像一条黑色的带子，一会儿沉在谷底，一会儿飘在山巅，一会儿挂在山前，一会儿缠在山腰。弯连弯，弯套弯，弯弯相扣，坡连坡，坡接坡，坡坡高悬。正当你为这走不完的山山峁峁、坡坡洼洼、沟沟岔岔、曲里拐弯而犯难而头晕目眩的时候，土岗乡到了。过了土岗，向山下望去，东一段西一段地就看到了黄河的影子。看到了黄河，人们就来了精神，乾坤湾也就要到了。

　　乾坤湾是个大晴天，午后的太阳朗照在乾坤湾上。远古的劲风吹着，今天的黄河流着。只是没有艄公，也没有艄公的号子。群山连绵在峡谷两岸，静穆而旷古，似座座卧佛高眠，似悟道，似听涛。乾坤湾蛇曲地貌尽收眼底。但见黄河从左前方峡谷中刚飘出，对岸的山便呼哧哧挤到了眼前，活生生蛮横地挡住了黄河的去路。挡得突如其来，挡得直截了当，挡得无情无义。我觉得黄河是受了莫大的屈辱，但你看那铁血滚滚的黄河不骄不躁，只是顺着山势就那么轻轻地一绕，若无其事地又向右前方峡谷中飘去。这一绕不大要紧，几乎绕成了三百六十度的大转弯，把对岸挤到眼前的山脊差点拦腰截断，活生生地围在了水的中央。岸被围在了大水中央，那还是岸吗？出乎人们的想象。

只是看到那么一绕,就绕出山川形胜河流恢宏,我便对黄河肃然起敬。远古智者伏羲氏来到乾坤湾,看到了苍茫天地之灵气,深邃黄河之神韵。他站在岸边的圣览山上"仰头观天象,低头看河山",参透天地之玄机,彻悟万物之奥妙,绘阴阳鱼太极图以化民。他还在这里教会人们驯兽为畜,织网捕鱼,并创立了婚姻礼仪制度。站得久了,他就变成了一块石头,永远地矗立在了伏义河的村口。高高的河岸,深深的峡谷,站在岸边向下望去,有一种凌空欲飞的感觉。

乾坤湾在于臆想。臆想它的春夏秋冬、山高谷深;臆想它的风清日丽、月黑风高;臆想它的云雾缭绕、大雨滂沱;臆想他的千回百转,狼奔豕突。让臆想的翅膀在巴颜喀拉山北麓海拔四千五百米的约古宗列盆地上空张开,沿着老天爷写下的千古一个大"几"字翱翔俯视。我们会发现黄河像一只脊背弓起昂首欲奔的雄狮,又像是一条穿山越涧的巨龙。它从青藏高原越过青、甘两省的崇山峻岭;它在宁蒙河套平原上留恋缠绵;它奔腾于晋陕大峡谷的高山深谷之中。它破"龙门"而出,在西岳华山脚下调头向东,横穿华北平原,急奔渤海之滨。历尽千辛万苦远奔五千多公里的这条黄河苍龙,凭着它的大智大勇、凭着它的坚忍不拔,终于游入了茫茫大海之中。然而黄河的几乎全部华章,全在晋陕大峡谷之中。黄河在壶口就那么义无反顾、就那么粉身碎骨、就那么雷霆万钧地一跳,成就了它的千古绝唱。"风在吼,马在叫,黄河在咆哮,黄河在咆哮"这雄壮的歌声唱出了黄河的丰采。但我突然觉得黄河的"形"在壶口,而它的"神"却是在乾坤湾的。如果说黄河在壶口表现的是一种开拓性、攻击性,是一种雄性特征的话,那么黄河在乾坤湾表现的就是一种柔韧性、一种包容性,一种伟大的母性特征。有了乾坤湾黄河才有了神形兼备、博大精深的母亲河的伟大形象。

乾坤湾的意义在于启迪心智。两千多年前,孔子行走在河边,发出了"逝者如斯夫,不舍昼夜"的千年感慨。我想那不舍昼夜的河一定是黄河。黄河在壶口表现的是一种精神,一种张扬的、百折不挠的、勇往直前的精神。这种精神大气磅礴,一泻千里。而在乾坤湾表现的则是一种智慧,一种以弱胜强,以柔克刚,避实处虚,绝处逢生的大智慧。它会告诉你:曲折是一切事物的一种常态,是一切事物的一种运动规律,没有了曲折便没有了这个丰富多彩的世界。有了这种智慧,乾坤湾便有了一种力量,一种思辨的力量。乾坤湾,一个富有诗意和张力的名字,那是黄河流脉上的一个现实。它不仅具有艺术形式的美,而且具有哲学意义的美。站在乾坤亭旁,居高临下,弧线优美的乾坤湾一览无余,真真切切。乾坤湾弯得柔美而阳刚,弯得自然而大气,它弯而不折,阻而不滞,遇畅达而不媚俗,遭壁垒而不丧志。长风浩浩啊,黄河万古奔流。

朋友,无论性别与年龄,无论富贵和贫穷,也无论得志或失意,到乾坤湾去吧。在那里仔细地看,静静地想,然后悟得天地之玄奥,人生之真谛。站在乾坤湾旁,且看红尘滚滚,且看白云悠悠。

2007 年 7 月 6 日星期五于延安

甲午初春,宝塔山沐浴着明媚的朝阳,蛰伏了不知多久的延河,终于听到了哗哗的流水声。延河活起来了,它紧赶着向大河大海流去。

就在这万物复苏、万象更新之际,一群文人带着他们的眼睛和头脑走进了新城。我跟在他们后头,像一个小学生,只有看的份,只有听的份。看完了,他们逼着我发言。我怯怯地说:"一个字震撼,两个字非常震撼。"大家都捂着嘴笑,说字数不对啊。我说:"是震憨了。"大家狂笑,我没有笑。我接着说:"我们失去得太久了,我们等待得太久了,我们不能再等了。什么是千年机遇?我只能说这么多,你懂的。"一群文人为我鼓掌。我的脸都红了,像说错话了的小学生。其时,新城才是一片山中平地,一块我们在崇山峻岭中没有见过也没有想过的山中平原。那平原一眼望不到边际。其实,你看到的只是拉开一角的帷幕,只不过这帷幕太过华丽;你看到的只是文章的开篇,只不过这开篇太过精彩,真正的华章还在后边。

前年的初春,也是这个季节,春天来了,春风也来了。延河从那时开始解冻。凤凰山上的迎春花最先装扮了春天。晓龙、延辉、世雄、延平,我们一群山友,站在凤凰山顶那棵老榆树下,向着清凉山方向瞭望。延安要建新城了,就在清凉山背后那一带。这消息像风一样在延安刮起来。人们谈论着、兴奋着、怀疑着。是真的吗? 能建成吗? 人们在各种场合激烈辩论,嚷成一锅粥。太阳红彤彤地从宝塔山东边升起来了,它的一腔热血喷薄着、爆发着。人们除了感到明亮和温暖外,还明显地感到了一种力的存在,一种燃烧的力量,一种挣脱束缚的力量,一种飞升的力量。这种力量博大而自信,没有什么能阻挡得了它。

新城选在清凉山背后,杨家岭、尹家沟、桥沟和延安北过境公路围起来的那片区域。那片区域其实是延安古城的发轫之地。芦山峁遗址就在那一带的山上,千年延安城就在尹家沟。太阳的光照在那里,那一带山山峁峁就披上了五彩的霞光。那一个一个山头像一个一个莽汉,涨红了脸,炫耀着一身的肌肉。我思量着那片区域,又把目光收回到延安城内。城里市声一片,嗡嗡响,令人烦躁不安。北关街、南门坡、二道街、延河大桥、宝塔山下,车流静静地排成长龙。它们乖乖地、好像已经习惯了。清凉山、黄蒿湾山体上的民居一片一片晾在那里,像人体上的牛皮癣,与这个圣地古城形成了强烈的反差。两河交汇,一路向东,延安城像一条受伤的巨龙,在三山两河之间苦苦挣扎。

我无数次把深情的目光投向新城,从凤凰山上、清凉山上、从宝塔山上。这是一个历史性事件,我要见证历史,我要记录历史。望得久了,我就想进去看一看。于是就一次又一次进去看。下雪天也看,下雨天也看,刮风天也看。白天看,夜晚也看。外地的朋友来了,哪怕他只有一个小时的时间,我也要领着他们到新城去看。去看一个未来,去看一个骄傲。

　　记得第一次是从桥沟进去的。沟道里拉出了红底白字的横幅——"中疏外扩",沟道居民墙壁上贴满了红红绿绿的"上山建城"的标语。一条刚刚推出来的泥泞山路,像一条蛇,蜿蜒地爬进了深山之中。这是一条进山勘察的路,是一条先头部队和侦察兵进山的路。山高坡陡、道路泥泞,一般车辆进不去,我们就换成了越野车。尽管已进入春天,但树木还没有发芽。荒山秃岭,沟壑纵横,人迹罕至。刚下过雨又下了雪,道路曲折难行。中午时候,我们终于到达了杜家沟、延安大学和杨家岭后山的高山顶上,那是这一带的制高点,可以看到新城的地形全貌。向远处望去,山头连着山头,茫茫苍苍。向山下望去,坡大沟深,一眼望不到尽头。身临其境,不免有了一种身单力薄、孤独无助的感觉。那里已经推出了一块平地。不久在那里建起了新城建设指挥部,不久在那里向北至北过境打通了一条上山的路,不久,千军万马以迅雷不及掩耳之势从这条路上冲了进来。削山填沟造地开始了,多点开花,蚂蚁搬家。数千台功能各异、奇形怪状的工程机械、施工车辆在十几平方公里的大山里面,以必胜的决心昼夜轰鸣、往来穿梭,摆开了决胜的战场。这故事发生在公元二〇一二年的四月份。

　　战役打了两年,春节也没有停过一天,直打到了去年的夏末秋初。那真是步步为营,节节胜利。眼前的山不见了,沟也不见了,你看到的是群山环抱中的一块不小的平原,一块高原明珠。正当人们为之欢欣鼓舞的时候,一场严峻的天考不期而至,不请自来。新城迎来了生死存废的关键时刻。陕北遇到了百年不遇的持续强降雨,河水暴涨,山体滑坡,新城一片泽国,这是天灾。

伴着强降雨,飘然而至的是满城的流言蜚语。挖出大蟒蛇了,破坏风水了,破坏环境了,形成堰塞湖了,政绩工程了,将来也是空城、鬼城了。哪一顶帽子都能把人怕死,都能把人压死。真是"山雨欲来风满楼"。人们干一件小事都难,建一座新城何其之难。我一次又一次问我的同行者,假如是你,你敢建吗?假如是你,你敢想吗?回答都是否定的!洪灾过后,天气晴朗,秋高气爽。站在高高的观景台上,纵目望去,下面已是一马平川。一汪一汪没有渗完的雨水里白云悠悠。我问我的同行者,你觉得能建成吗?同行者异口同声地说:"肯定能。"我和他们击掌相庆。

远处那个坝梁下面就是桥沟,跨过百米大道就是延河。延河由延长县的天尽头村附近注入黄河,又一路艰辛流到了小浪底。小浪底的左边就是太行山,右边就是王屋山。愚公和智叟就住在那大山里。眼下这里一马平川,这里也有愚公,这里也有智叟。我突发奇想,为智叟们画了一幅画像:"智叟何其多,甚事也不做;指手又画脚,幸灾又乐祸。"尚未完工的削山填沟岩土工程经受住了突如其来的百年大考。谎言不攻自破,智叟们暂时闭住了多事的嘴巴。

今年的春天,雨水充沛,山上的树木比往年长得旺,枝繁叶茂,苍翠欲滴。一山一洼漫山遍野的槐花也热闹地开过去了。而此时已进入初夏,月挂中天。山顶的指挥部完成了它第一阶段的使命,已经搬到山下平原上去了。观景台也即将拆除。这个山顶也将削为平地成为新城的一部分。夜幕下的新城,灯火通明,一派热火朝天的施工景象。行政中心楼群即将封顶。行政中心向东一条大道通向核桃树塔,路面已经铺上柏油,核桃树塔出入新城道路上下六车道,中间绿化带,已是畅通无阻,路灯耀眼。行政中心向南一条主干道通向尹家沟,路灯通明,工程车辆往来穿梭。尹家沟进出新城道路也是上下六车道,绿化美化,形成大门一景。两条大道标出了新城的道路基本轮廓。其他大道纵横交错,都在紧张施工。路基宽阔平坦,两边的银杏树笔直整齐,而路边的景观树已是郁郁葱葱。学校、医院、安置房小区塔吊林立,脚手架鳞次栉比,都在有序施工。十几平方公里的新城,此时到处是工地,到处在施工,然而主战场却是在桥沟和杨家岭进城道路施工现场,那里挑灯熬油正在进行攻坚决战。挖掘机、装载机、轧路机、打夯机,机声轰鸣。拉土车、拉水车、拉钢筋水泥车、拉设备物资车,车灯耀耀,上坡下坡。这两条道路打通后,新城就有了四条宽阔畅通漂亮的进出通道。

老城像是两条巨龙,向新城伸出了有力的臂膀,将新城紧紧地搂在怀中,搂得是那样有力,那样动情,唯恐有个闪失。而新城却像一颗失落千年的高原夜明珠,璀璨夺目,熠熠生辉。它依偎在老城温暖的怀抱中,像一个失散多年的孩子。它睁着明亮的眼睛,与母亲深情地对望。

月亮升起来了,像一张脸,用清风梳洗得冰清玉洁。几颗明亮的星星,闪烁着跟在月亮姐姐身后。他们一会儿在观景台上,一会儿在桥沟高高的坝梁上,一会儿又在紧张施工的杨家岭工地上。它们在新城上空到处走,到处看,好像总也看不够似的,流连忘返,最后稳稳地挂在塔吊的铁臂弯钩上,像一面铜锣,又像一张笑脸。它把银辉均匀地洒在新城工地上,于是,这个夜明珠就披上了朦胧的夜纱,变得更加妩媚动人了。夜明珠遗失深山千年,此时,它即将迎来二龙戏珠的美好时刻。新城披着银辉,我也披着银辉。我坐在它的身旁。新城,我爱你。你是我的家园,你是我的希望。你是一座实实在在的物质的城,而我一次又一次地把你幻化成精神之城,像一座丰碑。你不仅生机勃勃,楚楚动人,而且从你身上体现出了一种不灭的精神。你那种关注民生、顺应民意的担当精神,改造自然、敬畏自然的科学发展精神,借船出海、借鸡下蛋的开拓创新的精神,稳中求快,快中求好的对人民对历史的高度负责精神深深打动了我。老城里诞生了延安精神,新城里孕育着新城精神,而新城精神源自于延安精神,是延安精神在新时期的最新发展。

今夜,星空皓皓,趁着夜色,新城在向四周延伸着藤蔓,新城正在茁壮成长。今夜,我真真切切地听到了新城"隆隆"的拔节声。

中秋诗五首

一

北国风光秋分好，
十万大山竞妖娆；
赤橙黄绿彩练舞，
丽日蓝天云漫步。
东南一隅突兀起，
神道岭上有仙居；
伸手摘得星辰落，
俯视大河东流去。

二

中秋国庆日，
聚友去中原；
绵山谒介公，

乾坤湾

云台访道仙。
路路车塞道，
但见似龙蟠；
人自成景观，
惊恐山腰弯。

三

慈母蹒跚走，
严父已佝偻；
痴痴门前望，
切切盼儿归。
中秋连国庆，
乘车亿人行；
无心赏美景，
急急入柴扉。

四

中秋放假日，
农人正忙时；
收秋还种麦，
与天争农时。
本是农家子，
已不知农事；
持锨欲劳作；
双手沾血渍。

五

朝露一滴化作烟，
填平沟壑万里川；
小丘沉沉大海底，
高山浮动白云端。
纵目八方水墨界，
任凭四海卷巨澜；
东方一轮红日出，
缕缕袅袅上青天。

（2012 年中秋节）

春雨

春雨沥沥下，
路边柳色新；
晨雾起四野，
远山飘若云。
河水静静流，
未见鹅鸭吟；
清明景色异，
处处露花身。

2012 年 3 月 21 日晨雨，上班途中见闻

霜降

长风衔金夜行急，
山川萧瑟寒星稀；
霜如冰刀九万里，
叶似残云碾尘泥。
草衰山瘦野空寂，
荒池秋雨浮萍低；
雁阵高鸣无宿意，
冷肩热血志未已。

2012 年秋王家湾下乡见闻

游天尽头

延河发源于白于山天赐湾芦子关一带的周山脚下,全长三百公里,于延长县天尽头凉水岸一带注入黄河。延河是中国革命的母亲河。延河岸边的小米养育了中国革命,而且延河还给我们以人生启迪。二○一四年六月二十八日,延河入河口天尽头,涛声蝈蝈声响成一片,唯独没有风声。大河岸边,荒草没膝,空中流火,溽热异常。天尽头村十室九空,一百二十人的村庄现在不到十人,最小的一位属龙,已经五十岁了,能走的都走了。正所谓看似尽头,实是出头。看似无路,实是有了更多更多的选择。延河在这里给我们以启示。

源出白于天赐湾,
沟壑梁峁芦子关;
滴滴汇成千钧势,
高歌猛进过延安。
吸纳涓涓六百里,

众志成城谓大观。

天尽头处地自开，

铁流滚滚到海外。

浙江行（诗五首）

二〇一二夏，有幸到浙江温州丽水旅行。那里的山，那里的水，那里的人，那里的富庶文明，给我留下了极深刻美好的印象。倍感国泰民安，山河壮美，遂有感而发：

一

半步临江舟自发，
树古墙高石径狭；
渔家有朋频举杯，
雨脚声声窗外下。
一半清醒一半醉，
痴笑瓯江是我家；
苏杭虽美竟老矣
秀山丽水美如画。

二

灵霓北堤一线通，

浅门窄门到深门；
状元花岗过大桥，
开元度假乐逍遥。
北岙东屏大沙岙，
仙叠岩旁遗古炮；
举目半屏风光好，
一百六十岛与礁。

三

瓯江直下到洞头，
濒临东海有石楼；
戚家将军凛凛在，
百年枪炮供人游。
月牙隐隐黑风高，
乌云列阵城欲倒；
波翻浪涌到半屏，
渔家夜宴酒正浓。

四

临窗一望夜无涯，
波涛声急到脚下；
渔火深深不可测，
疑似东海龙王家。
向东一去茫茫路，
何计风吹与浪打；
且挂高帆三千张，

直追神九会蛟娃。

五

夜宿洞头滩,

头枕东海眠;

端午声声问,

客居到天边。

孤灯觅绝句,

思绪逐浪翻;

乌牛酒如何,

三杯醉刘婵。

注:

1.瓯江自西而东贯穿整个浙南山区,境跨丽水、温州,到洞头县注入东海。

2.丽水市瓯江畔有一处古村落,叫大济,依山傍水,临江而建,风光古朴秀丽,景色迷人。现建成浙江省油画基地,曰"古堰画乡"。

3.洞头是温州市的一个海岛县,淹没在东海之中,由一百六十多个岛礁组成,是国家4A级景区。

一

蜀道有何愁
桥隧神仙修
早餐秦岭北
午饭到达州

二

巴山隔秦蜀
汹涌刺破天
秋日沥沥雨
峰峦起白烟

三

巴山高万仞

千里入画中

沉沉一线天

苍翠复葱茏

四

秋日过秦岭

秦岭犹未老

雨歇天不晴

白龙卧山腰。

（2015 年 10 月）

中原麦收罄

天远地自空

阡陌边上树

蓊蓊郁郁村

穹庐流炽火

地黄似针毡

俯垄绿芽出

李家育新人

(2015 年 6 月 19 日)

去成都

午出延州地
斜阳到长安
星辰一万丈
照我去乐山
蜀道有何难
长空万里船
今日长安客
明为峨眉仙。

(2015 年 6 月 12 日)

一

山
千回百转挤破天
举目望
哪儿是家园

二

山
莽莽苍苍漫无边
哪安家
新城要上山

三

看
彩旗飘飘战犹酣
上山去
再造新延安

四

山

似僧似佛涌狼烟

奈若何

退耕把林还

五

山

茂腾葱茏云遮拦

是何故

封山又禁牧

六

山

山山挂起白云帆

云深处

忽现绿延安

七

绿

绿绿绿绿绿绿绿

是哪里

昔日黄土地

八

拆

中疏外扩灵药开

灾民楼

南门旧地游

九

风

山峁树梢飘丽影

沙尘暴

只有老人晓

十

云

漫山披裹白头巾

雨淋淋

恰似江南人

夜宿阆中

嘉陵大回环
阆中居其间
锦屏山上瞰
山水城大观

（2015 年 10 月 4 日）

一天一夜

一

　申村背靠一座大山,曰大伾山。山的东南面半山腰上有座庙曰伾山寺,俗称大佛寺。寺内有坐式大佛,号称是中国北方最早、最大的石佛。石佛高二十二点三米,比洛阳龙门大佛还高四米。这尊大佛的年代、身世曾在考古界引起了不小的争论。尽管一千六百年过去了,争论已经平息,然而,这些年随着改革开放,人们生活水平的日益提高,伾山寺的香火日见旺盛,大石佛似乎更加神秘莫测了。

二

　这天傍晚,大歪急匆匆地从申村街上走过,右手提着一个柳条篮子,篮子里盛满了刚从街上代售点买来的鸡蛋,还有二斤红糖,怀里还揣着用手帕包着的刚从东地砖厂取到的二百元工钱。老婆就要生了,大歪有些兴奋。已经是清明时节,杨树上的叶子已经"哗哗"地开始拍手。"杨叶响,脱衣裳。"该是脱去棉衣的

193

时候了,可大歪还穿着黑色的棉裤棉袄,脚上穿着一双带松紧的黑色条绒布鞋。大歪鼻尖上挂着汗珠,脸上涂满了落日的红光。太阳落在了大伾山后,像一颗原子弹落在了地上,无声地爆炸了,迸发出万道霞光,像万丈刀剑,呈扇面状射向大伾山的天空。大伾山黑色的影子向申村压了过来。

申村进入了夜色之中。炊烟从黑灰色的瓦房顶上袅袅升起,烧玉米秆儿的味道和熬玉米粥的味道在空气中飘荡,赶牛牵驴,荷锄挑担的人们从田地里回来,走在申村的街巷里。四合院的灯光一点一点亮了起来,与伾山寺的灯光连在一起,与天上的星星连在一起。

跨过从大佛寺延伸下来的大佛路十字,西大街路北第二家就是大歪家。红砖门楼,黑色大铁门,三间新修建的红砖瓦房,空落落的一个院子。大歪推门进了院子,就听到了老婆痛苦的呻吟。他赶紧几步进了堂屋。看见老婆半躺在炕上,头发全被汗水弄湿了,粘在脸上。小姨子在地上急得团团转,手里端着一碗水,不知如何是好。大歪赶紧把院里西南角厕所门口的排子车拉到当院,从炕上拉了一床被子铺在车上,小姨子扶着她姐从屋里出来,大歪老婆一屁股坐在排子车里,死去活来的样子怪吓人的。夜色里,大歪拉起车子出了大门,沿着大街,一路向东,出了村,沿着从大伾山发下来的害河向双井医院奔去。夜幕里正在抽穗的麦子,成片成片正在盛开的油菜花,害河里哗哗的流水声和一片蛙声虫鸣,大歪一概没有看见,没有听见。

此时,一个黑影从大佛路上游荡下来。黑影来到大歪门口,侧着身子隔着门缝向里张望。

三

大歪拉着排子车,在黑暗中大步流星朝双井走去。他是个苦孩子,早年,大集体,割资本主义尾巴的时候,人们没有积极性,出工不出力,地里打不下粮食,人们吃不上饭,大人娃娃饿得皮包骨头,有的在睡梦中就饿死了,冬天冻死人的事经常发生,有的站不起来,有的扶着墙根儿走路。青黄不接,大歪的娘饿昏在麦地里,醒过来后,挣扎着用手搓了几个麦穗放到嘴里吃了。这件事当场被人告发,干部来了,命令她吐出来,大歪的娘不吐,被扇了十八个耳光。大歪的娘被反绑着与其他几个男人在全乡游街示众,脖子上还挂着一双破鞋。回来后,大歪的娘在家中上吊自尽。

大歪的爹疯了,满大街乱跑,用一根如椽的木棍,在大街上写字,多数人看不清,有个别人看出来了,说写的是"忠"字。他为什么写这个字呢?没有人能说清楚。后来又有人告发,说把忠字写到大街上让人乱踩,那就是反对伟大领袖毛主席,那就是反革命,也得批斗。大歪的爹听了就扔了木棍,一头撞死在村中间干部们经常敲钟的榆树上。

就这样,大歪和兄弟二歪相依为命,吃百家饭一天天长大。好在大歪为人实诚,干活肯卖力气,又遇到了改革开放,所以,日子一天天地好起来。前年经媒婆说合娶了朱村的姑娘莲子,去年又建了房子,从老屋搬了出来,老屋让给了二歪。唉,这都是申村的陈年旧事,不提也罢。

四

大歪的小姨子把姐夫姐姐送走,感到肚子难受,便急忙上了厕所。从厕所出来后,把大铁门锁好,又把屋门插上,熄了灯,衣服也没脱,便和衣睡下。

半夜两点,大歪回到家门口,砰砰敲门。屋里昏暗的只有

15 瓦的电灯亮了,小姨子开了屋门,又开了街门。大歪告诉小姨子:"你姐生了,生了一个带把的,母子平安。刚才走得急,忘了带钱,我回来取钱,明天好出院。你赶紧生火熬点小米稀饭,放些红糖,再煮几个鸡蛋,给你姐增加营养。"

大歪一边说一边到炕头边被子下去取钱,结果没有摸到。"你把钱收起来了?"小姨子说:"没有看见钱。"大歪心里一惊,他又向锅台上看去,下午放到风箱上的鸡蛋也不见了。"你把鸡蛋放哪儿了?"小姨子说:"啥鸡蛋呀,我也不知道。"大歪隔着风箱一屁股差点坐到锅里。一连问了三遍"你真的没看见?"小姨子说:"真的没见。"大歪头上的冷汗冒了出来,一滴一滴滴在脚地上。"你如果真的没看见就是遭贼了。遭贼就得赶紧报案。"小姨子说:"你和我姐一走,我就上了一回厕所,从厕所出来,我就关了街门关了屋门,就直接上炕睡了。我哪儿也没去,没有离开院子半步。要报案你就赶紧去吧。"说罢,小姨子捂着脸呜呜地哭开了。哭得满屋子的伤心,满屋子的委屈。大歪伸手从吊在屋梁上的篮子里拿了一块凉红薯,塞到嘴里,转身消失在浓浓黑夜之中。

五

第二天天一亮,双井派出所的一辆军绿色三轮摩托车"呜呜"鸣叫着开到了大歪家门口。身着便装,脑袋上没有几根毛,个子低矮瘦小、人称"王光腚"的王所长将摩托熄了火,从摩托车上走了下来。摩托车后座上坐着两眼通红的大歪,车斗子里坐着头戴蓝色大檐帽、上穿白色警服、下穿蓝色警裤、脚蹬黄色胶鞋、武装整齐的年轻警察小李警官。大檐帽上的国徽红光耀眼,李警官胸前挎着 120 照相机,右肩挎着勘查箱,手里拿着文件夹,跟在所长后边来到大歪家门口,门口已经围了很多人。小李是省警校毕业刚分来的毕业生,他一边往前走,一边侧着耳朵听村民们的议论,他已经跃跃欲试,进入了破案状态。

王所长是个传奇式的人物,在全县家喻户晓。他是漳河北小王庄人,二十世纪六十年代末,参军入伍。在祖国的大西南戍边,是侦察兵。一年冬季,大雪下了七天七夜,边防线上积雪没腰。王所长和战友们正在踏雪巡逻时,突然发现有一小股敌人越过边防线向我袭来。王所长鸣枪警告无效后,果断开枪,当场击毙三名,击伤一名,俘虏一名。王所长火线入党提干。

转业后就分到了县公安局刑警队成了一名刑警。到刑警队不到一年时间,就成了业务骨干,屡破大案要案。县毛纺厂价值三万余元的毛毯被盗,案情重大,震动全县。王所长通过现场勘查,步伐跟踪,在离现场三公里外的县城郊区一居民家中发现被盗的毛毯。犯罪嫌疑人王小三,望风而逃,十天后,在西藏拉萨被擒。两个月后,王小三被枪决。县城出了三个抢劫犯,晚上,尾随妇女,作案多起,人心惶惶。王所长奉命侦破。他乔装打扮,四处打探,走大街窜小巷。一天晚上,三名犯罪嫌疑人正在准备对一名女士实施抢劫时,王所长果断出击,一个黑虎掏心将一名嫌犯打倒在地,另一名嫌犯持刀袭来,王所长一个下蹲上步,左手空手夺刀,右拳直抵嫌犯命门,另一名嫌犯一看不是对手,两腿一软,跪地求饶。王所长一看,好吧,起来吧。把绳子扔过去,说把那两个给我绑起来。不一会儿,绑起来了。王所长又说,好了,过来。所长从腰里取下黄手镯,说自个戴上吧。戴上了。王所长一人擒三凶,县城传美名。

不久,王所长被提拔成双井派出所所长。双井镇人口十万,处在冀鲁豫三省交界,鸡鸣三省,盗匪盛行。民谚:过了漳河南,一夜回到解放前。别说猪牛羊,狗本来是看家护院的主儿,可有人专门偷狗,曾经,走遍三里五乡,难觅狗的踪影。电线、变压器经常被盗,白天装上,晚上就被盗。盗贼还在电线杆上写上:装得快,偷得快,我和电工来比赛。盗贼夜里开上三马柴油车,手持自制的长枪,走村串户,如入无人之境。

王所长上任的当天,就把镇上五名"二进宫"、"三进宫"请到了派出所。当晚,这五个人从镇上消失,一连数年不见。一天下午,一名外地司机来派出所报案,说他们给服装厂供煤,粉丝厂和服装厂共用一个大门,看大门的是一个一条腿的残疾人,人称铁拐李。铁拐李以他们进来时没有给他打招呼为由,锁了大门,他们在这里三天了还走不了。铁拐李也是个惹是生非的货色,小时候,拿着装满炸药的玻璃瓶子去坝上炸鱼,鱼没炸着,炸断自己的一条腿。所长告诉报案人,你过去告诉铁拐李,就说王光腚马上就到,来了打断他的另一条腿。所长去的时候,铁拐李已经从后面翻墙跑了。不久,一句顺口溜在镇上传开:王所长真伟大,来到镇上一句话,吓得土匪外地走,吓得铁拐墙上爬。

还有一件事,从北京到香港修一条铁路,在双井修一个火车站。一时间,来了好多修路的工人。一天中午,有人报案,说修路工人与当地村民在东风渠边打架。民警把打架的双方带到了派出所准备了解情况。不一会儿,一辆卡车拉了几十个工人开进了派出所的院子。工人手持铁锹木棍,吵吵嚷嚷,随时可能发生打砸抢事件,情况十分危急。王所长临危不惧,迅速从书柜里取出照相机,站在门口啪啪地开始拍照。这些人一看情况不妙,害怕被拍照下来,秋后算账,纷纷跑出了大门。王所长赶紧出去锁了大门,并对他们说,你们冲击公安机关,这是严重的违法行为,后果十分严重,谁组织谁负责,谁参与谁负责。双方打架,我们正在调查,还没有进行处理,不信的话,你们谁是领导,可以进来看看。为什么要胡来呀?几十个人被镇住了。下午一上班,建筑公司的总经理来到派出所,向所长承认错误,赔情道歉并一再邀请所长吃饭。吃吧,不吃白不吃。酒足饭饱,总经理对所长说还有一事相求。所长说说吧。总经理说看能不能把照相机里的底片销了,留有证据,工人们心里不踏实。所长闻听哈哈大笑。告诉他们,相机压根儿就没有胶卷,空的,放心,空城计。总经理一行面面相觑。王所长的传奇故事三天三夜也讲不完,就此打住,言归正传。

六

现场勘查从大门口开始。王所长在前面指指点点,在地上、墙上、门上圈圈画画。浓眉大眼的小李警官在所长的指挥下,麻利地打开勘查箱、戴上口罩、白手套、拿出金粉银粉、尺子、刷子、文件夹等一应勘查工具。先是拍照,后是测量、记录、再是刷粉、提取可疑痕迹物证。从大门到院子,从院子到围墙,最后详细地勘察屋内中心现场。完了绘制了现场方位图、中心现场图。九点钟现场勘查结束。

所长站在院子中间,抽着烟,吐着烟圈。烟圈在他的光头上缭绕。说说有情况吗?小李警官说没有大的发现。大门、屋门都完好无损,也没有发现有价值的指纹和物证,只是在东院墙上有处可疑痕迹,不知有没有价值。所长说说说看。小李说墙上有一道划痕,像是铁钉或是硬棍一类的东西划的,划痕前重后轻,一划而过,墙上有很多鸡爪印痕,但这个明显不像是鸡爪印。还有翻过墙,挨墙根部位有一枚皮鞋的后掌印。后掌有破损,钉过两块铁掌。从现场上看,一块铁掌还在鞋上,另一块脱落丢失,留下了一段铁钉的痕迹。这些印痕都注了石膏,进行了拍照,其他没有任何发现。所长说很好。接下来就是调查走访,看看有没有情况。现在看来大歪的小姨子有嫌疑,先从她那里开始吧,叫村长来,把她带到大队部去。

　　从大歪家出来,过大佛路十字,沿大街向东,过三条胡同,路北一个小院,三间平房,那就是村委会。也没有牌子,院子里长着一棵老枣树。枣树,发芽很晚,现在还没有发芽。树下、院子里去年的荒草下面长满了新鲜的绿草。把大歪漂亮的小姨子带到办公室。小李说:"你把昨天晚上的情况说说吧。"她说:"昨天晚上,姐夫拉着姐姐去医院了。他们走后,我感到肚子疼,想拉肚子,我就赶快跑到厕所里。上完厕所,锁了街门屋门就睡了。""就这些?""就这些。""在厕所多长时间?""蒸一锅馍的时间。""蒸一锅馍多长时间?""四指香的时间。我妈蒸馍,都点四指长的香,香燃完了,馍就熟了,可以出锅了。""那四指香的时间是多长时间?"大歪的小姨子急了。"跟你说就是蒸一锅馍的时间嘛,你咋就听不懂。"所长说:"四指香的时间大概就是十几二十来分钟的样子。"小李说"你是屙屎哩还是屙元宝哩?""我肚子疼,拉稀了,不信你们可以到厕所看去呀。拉完了,我就锁了街门,锁了屋门,就上炕睡去了。""那睡觉后会不会有人进来呢?""那咋可能,我都把门锁了,我连衣服也没脱,我一夜都没有合眼。姐去生孩子了,我咋能睡着觉嘛。再说了,晚上姐夫回来时,屋门、街门都是我开的,再说了,假如你是偷人的,偷了人,你会把屋门、街门都锁好再跑吗? 你傻呀!"

　　所长说:"好了,先问到这里吧,你先回去吧。"大歪的小姨子出了大队部。有人在后边指指点点。

　　大队部办公室里就剩下了所长和小李二人。所长站在脚地里,从衣服口袋里掏出六角二分钱一包带嘴儿的延安牌香烟叼在嘴里,又从口袋里摸出防风打火机,啪啪打着,把烟点着,用吃奶的劲美美地吸了一口,他觉得不过瘾,又接着吸了一口,一支烟两口下去了半截。他也不说话,在屋里转圈圈。转完圈圈把烟把子狠狠地往地上一扔。一边是姐姐姐夫,一边是小姨子。小姨子偷姐夫,可能吗?不是她?那会是谁呢?

七

在村长家,一边吃饭一边听村长介绍村上的情况和听到的群众对这件事的议论反映。吃了些什么饭,所长至今也没有想起来。村长姓李,从部队转业回村,当上了村长,转眼间已经六七年了。村长说申村这些年一直比较稳定,从来没有发生过偷盗案件。自从改革开放,包产到户后,各家忙各家的,再也不用村长操心,有的种地,有的外出打工,经过这四五年的发展,村民初步解决了温饱问题。但也有不务正业游手好闲的,天天聚在一起赌博。群众也有反映说这几天二歪回来了。二歪是大歪的兄弟,前些年因在外地盗窃被判刑三年,他从来不在本村偷。出狱后,多数时间也不在家,听说在外地做正当生意,生活过得还不错。吃过饭,所长说二歪回来了,村上发案了,有嫌疑,调查一下,让村长把二歪叫来。

不一会儿,二歪就骑着崭新的幸福250摩托车,屁股后面冒着青烟,后座上带着村长来了。在村长家拉了一阵话,嫌疑彻底排除了。二歪确实发了,他上身穿着白色的确良成衣,下身穿着灰蓝色劳动布大喇叭裤,脚上穿着三接头黑色皮鞋。二歪长发齐耳、戴着一副茶色蛤蟆镜。王所长坐在小马扎上,端着黑瓷老碗喝水。

"小子发了?"所长说。"哪里哪里,托您的福。"二歪说。

"你认识我不?""认识认识,您大名鼎鼎的王所长。""我有名吗?""有名,有名,深圳人都知道你。"二歪一边说一边从喇叭裤口袋里掏出555牌香烟,递给所长一支,又掏出黄灿灿的防风打火机,给所长点烟。哧哧的蓝火苗子差点烧了所长的眉毛。他不可能为二百块去偷他哥。明显的可疑人都被排除了,案件侦破工作走进了死胡同。

八

所长对村长说:"你去把那些赌博人找来,叫到村委会等候,我和小李到街上走走。"他俩从村长家出来,沿着大佛路向大伾山走去。大伾山是座孤山,方圆好几公里,高达数十丈。在这中原大地上,平地起了一座高山,真是一件奇事,无人能够想通,因此这大伾山在这方圆几百公里内就出了名。更何况半山腰还有一座庙,庙里还有一座北方最大的佛。改革开放了,被打倒的所谓牛鬼蛇神,又重新站了出来。多少年已经没有香火的大伾寺里,如今已是香烟袅袅,晨钟暮鼓,善男信女更是顶礼膜拜,胳膊粗一米多高的香长燃不熄。他俩往前走着,渐渐就到了高处,到了山脚下,到了"七十二蹬"山门前。门上写着"登高望远"四个大字。他们回头向下望去,果然眼界开阔,申村全貌一览无余。他们拾阶而上,走完"七十二蹬"石台阶,抬头望见了第二重山门。门口写着"南天门"三个大字。伾山寺到了。所长向门口一个僧人说明来意。僧人赶紧着到一个僻静的小院里去叫方丈去了。伾山寺内苍松翠柏,如龙爪蛇蟠。阵阵柏香袭来,袅袅香火飘来,人们顿觉置身世外,六根宁静了许多。好一处幽静之地。抬头再看那大佛,果然是凿山而成。佛与山浑然一体。大佛居高临下坐在那里,两眼圆睁远视,目光空静慈祥,面部表情庄严肃穆,体态匀称健美。大佛右臂曲肘,五指向上,掌心朝外,似有外推之状。为了保护大佛,在大佛两边依山建了一座木质佛楼。佛楼雕梁画栋,彩绘栩栩如生。正在他俩看得出神之时,身后一声"阿弥陀佛,施主。"方丈已经站在所长身后一丈远的地方,双手合十,施礼问好。所长和小李赶忙点头回礼。方丈说:"这就是'八丈佛爷七丈楼'的弥勒佛,不知二位来此何事召唤贫僧。"小李说:"师傅你说错了吧,是七丈佛爷八丈楼吧,再说这也不是大肚弥勒佛呀。""佛是依山而凿,先凿头部、再凿身体,最后凿腿部时已经到了地面,只好往地下凿了一丈,所以八丈高的佛爷建七丈高的楼就够了。他确实是弥勒佛,是弥勒佛的前世。大佛惩恶扬善,护佑众生,阿弥陀佛。"小李恍然大悟。所长向方丈致谢并如此这般说明了山下的情况并说明了上山的来意。方丈说:"乘着改革开放的东风,山寺有了很大发展,四方香客络绎不绝,但也确有一些歹人常年在此聚众赌博,坏我佛门静地。他们都是山下之人,一个张三一个李四一个王五一个麻六,还有一个二秃子。他们几个在后面银杏树下赌了三天三夜,昨日黄昏才下得山去。"所长说:"此话当真?"方丈说:"贫僧不打诳言。"王所长和小李警官与方丈在南天门作揖告别。

　　站在南天门向远处望去,那真是天高地阔,满眼风光。但见麦田绿浪滚滚,一眼望不到尽头,中间油菜花金黄耀眼。害河由申村西边绕到南边又绕到东边,一路蜿蜒向东流去。河中间黑石点点,河岸边白沙片片。沿河两岸,在那白沙地里,千年不死、千年不倒、千年不朽的胡杨树上,长满了绿油油的叶子,一派生机,胡扬林沿着害河生长,远观,像一条苍龙向东游去。所长说到了秋天,霜一打,树叶就黄了,那里就变成了一个金黄色的童话世界。申村在青山绿水花团锦簇中显得那样安静自然，美不胜收。

大队部门口大街上，院子里来了很多人，男男女女、老老少少站了一片。还有一些孩童，跑来跑去，像是过节一般，这里已经好久没有这么热闹过了。包产到户几年之后，农民果然生活好了起来，他们的身体也明显好了起来，脸上有了红光，有了笑容，衣着也鲜明了很多，特别是女人的衣服，花花绿绿，洋气起来了。毕竟是清明节气了，今天天也特别好，村民们大都脱去了冬天的棉衣。张三李四王五麻六二秃子也到了。他们五人圪蹴在大队部门口的路边。张三在抽烟，李四用柴棍在地上划道道，王五盯着地上看蚂蚁搬家，只有二秃子看起来神色不安，抓耳挠腮，用小木棍把地上的蚂蚁敲死了一大片。看见所长过来了，他们全部呼一下站了起来，闪到一边，给王所长、小李让开了路。回到办公室，李村长说人都来了，都在外面等着哩。所长对小李说，那就开始吧。张三李四王五麻六依次进来，又依次走了出来。他们都不承认赌博，而且全部赌咒发誓，他们是务实良民。"好了好了，你们赌咒发誓有什么用，还不是等于驴放屁。出去在门口等着吧。"所长盯着他们一个一个进来，又盯着他们一个一个出去，那眼神像锥子。

二秃子进来了，所长问叫什么，叫张富贵。"名字还怪好，有小名吗？""小名二秃子。""那二秃子你就说吧。"二秃子说："我有错，我交代，这几天我们几个一直在老佛爷后面的老银杏树下赌博，他们几个把我赢了。昨天一直赌到半夜，鸡都叫了，我也输光了，我们才回家。""还有什么？就这些？""没有了，我说的全是真话，如果说假话天打五雷轰，我愿意接受处罚。"所长说"行了，赌咒发誓驴放屁。"所长盯着二秃子看，二秃子就低下了头。过了一会儿,所长说没有什么那你出去吧。二秃子转身就走,当二秃子左脚刚刚抬起要迈过门槛时,只听到后面桌子上"啪"的一声巨响,二秃子一惊,一个狗吃屎栽倒在门口外面。正好门口卧一只纯种大白狗,母狗。母狗正眯着眼睛专心致志地用长满尖刺的舌头梳理着前腿上的白毛。大白狗不知发生了什么事情,受了惊吓,嗷一声站起朝大街上冲了出去。院子里一群鸡正悠闲地迈着方步。狗慌不择路冲散了鸡群。鸡一受惊吓,一齐起飞,飞到了大街对面的瓦屋顶上,太阳落山都没有敢下来。所长这一拍太突然了,声音太大了,把桌子上陈年老灰都拍起来了。不仅二秃子一声栽倒,就连正在低头记笔录的小李也是吃惊不小,吓了一跳。所长桌子一拍喝道:"好一个二秃子,满嘴胡话,给我拿下。"小李刚从学校毕业,学过的东西正愁没有地方用于实战。小李迅速从勘查箱里取出麻绳,一人一条胳膊,上三圈下三圈,向后一拧,将绳头在脖子后的绳子下穿过,向下一拉,只见小李站在二秃子背后,身体向下一蹲,左手端住二秃子捆在一起的两条胳膊,一跺脚,向上猛一用力,百十来斤的二秃子已经停在了半空。突然往下一放,右手将绳头猛地一拉,就把二秃子绑了个结结实实。只听二秃子"妈"的一声闭过气去,大约过了三分钟,才听见"吆"喊了出来。头上黄豆大的汗珠子流了出来。这一声太过意外,门外的四个赌博汉一起涌进门来,齐刷刷跪倒在所长面前。一个说我们赌博了,一个说刚才我们没有说实话,一个说我们几个赢了,一个说就二秃子一个输了。所长说:"起来吧。我还顾不上管你们赌博的事。我要破案,此案不破誓不罢休! 暂且把你们放过,等候处罚。"所长这话铿锵有力,像是对几个赌徒说的,也像是对门口的村民说的,也像是对自己说的。年轻的警官听了,心里热乎乎的,有了一种崇高感。

二秃子一声"妈吔",汗珠子爬了一身,不一会儿,流了一地。二秃子说:"所长放了我,我全部都交代。我知道了,你们已经掌握了我的情况。"村长的话,方丈的话,二秃子的话,现场墙头上的划痕和墙根下的半枚脚印,像放电影一样,在所长的没几根毛的脑袋里又重新放了一遍。

所长双手在光头上拢了拢,习惯性地看看手,发现手心粘了一根头发。他将这根头发捏在手里看了半天,丢在了地上。"放开他,让他说吧。"说这故事已经过去三十多年了,那个年代就是那个样子,我只是忠实地记录并告诉你们,当然那样的年代已经过去了,一去不返了。

九

二秃子二十大几岁了,有一个哥哥,结婚用光了家里的所有积蓄,轮到二秃子了,媒婆几年都不登门。二秃子还有一个妹妹,两个弟弟。到了妹妹稍大一点,媒婆就来了。媒婆一阵数落、一阵寒碜。那时二秃子的爹已经去世,二秃子的娘一阵的感谢。就这样,没过几天,一个叫镯子的姑娘嫁给了二秃子。镯子的哥哥娶了二秃子的妹妹,算是两家换亲。那个年代,要么家里成分高,要么家里穷,条件差,要么是家里的儿子有残疾或是憨傻弱智,要么就是门风不好、不务正业的,就进行换亲。换亲以三家换亲的居多,三家将女儿互换,嫁给对方的儿子。两家换亲的也有,当属少数。换亲牺牲的永远是女性的婚姻自由和婚姻幸福。镯子就是一个。

十

把二秃子拉回办公室,关上门窗,一点一点把绳子解开,过了一会儿又让二秃子喝了一碗白开水。二秃子又向所长要了一支带把的延安牌香烟,所长用防风打火机给二秃子点着。二秃子狠狠地抽了一口,没有吐,咽到了肚子里,半天才吐出来,哆哆嗦嗦,眼泪都出来了。一方面是因为捆绑的原因,另一方面可以看出二秃子心理压力很大。二秃子开口就说:"我强奸了大歪的小姨子,还偷……。"所长睁大了眼睛。所长说:"你说什么?你再说一遍。"正做讯问笔录的小李抬起头。"我强奸了大歪小姨子,还偷了整整二百块钱。钱藏在我家炕上的炕洞里,一分不少。所长你放了我吧,我再也不敢了。"说罢呜呜地哭开了。所长说:"别哭了,你把问题说清楚,说慢点,争取宽大处理。"二秃子就一五一十把昨天太阳落山后的情况说了一遍。

　　大歪拉着婆姨急匆匆地出了门。此时,从大佛路上下来一个人,走近一看是赌博汉二秃子。二秃子在大佛寺背后的千年银杏树下赌了三天三夜,输了个身无分文,球净毛干。他垂头丧气地向家里走去,快到大佛路十字时,突然看见大歪拉着老婆向村子里奔去,二秃子立刻就明白了。他嘴里哼哼叽叽,也不知说些什么也不知是什么意思。到十字路口向西一拐第一家就是二秃子家。他站在自家没有门楼也没有大门的敞开着的门口向里望去,屋里黑灯瞎火,没有一点动静,他不想回家,他满脑子想着大歪老婆就要生孩子的事,他不由自主地就走到了大歪家门口。隔着门缝向里一看,昏暗中看见一个女人一闪身进了屋子。女人? 大歪的小姨子! 怪好看的,前几天在院子里隔着墙头见过。

　　二秃子心惊肉跳,身体里的血液呼一下就上了头。他推开大门,直扑到屋里。他像一头发疯的公狼一样,扑向大歪年轻美貌的小姨子。他一手捂住嘴,一手搂住腰,一用力,就把大歪的小姨子放倒在炕上。本以为她会喊叫,还可能要反抗,没想到这小姨子,没有喊叫也没有反抗,相反还很配合很顺从。这让二秃子深感意外。二秃子不放心,随手拉了一条被子将小姨子的头蒙住,又用力卡了一下小姨子的脖子,告诫她老实点。二秃子害怕得心都要从胸膛里跳出来了,他咽了一口唾沫才把心脏压了回去。二秃子扒了小姨子的裤子,着急慌忙地干了好事。提起裤子就要出门时,无意中右手碰到了炕头边上放着一包东西,他本能地知道了这是钱。这是大歪为老婆生孩子准备的钱。他左手提起裤子,右手捏了钱,冲出屋门,狗急跳墙地跨过了那道不足一米的围墙。二秃子回到自家清冷的屋里,也不开灯,直接上炕,脱了衣服,拉开一条被子把自己蒙了进去。他把钱揣在怀里,心里估摸着这有多少钱? 不大一会儿工夫,老婆推门进了屋。也不开灯,在脚地上窸窸窣窣地一阵响动后,在黑暗里爬上炕,在离二秃子二尺远的地方拉开一条被子和衣钻了进去。二人都不说话,在漆黑的夜里,双方都知道对方睁着明亮的眼睛。背靠背,心事重重。

小李全部记录在案。从此,一句顺口溜在申村一带流传至今:光腚一声吼,秃子无处走,飞了一群鸡,惊了一条狗。

十一

问完话,把二秃子用黄铜做的手铐铐在了院子里的老枣树上。回到屋里,所长说:"小李啊,你看这案子复杂化了,老鼠拉木锨,大头在后边。本来只是一个普通的盗窃案,怎么还突然带出了强奸大案。事不宜迟,你赶紧骑上摩托,回所里给局里郭副局长挂电话,汇报情况,争取局里增援,光我们俩看来不行。"小李骑上摩托车出村钻进了胡杨林。害河里飞金流银,像有千万条金蛇银蛇扭动身躯,闪闪发光。王所长又找来李村长,让他赶紧叫两个男人两个女人,男人负责封锁大歪家现场,没有命令,闲杂人员不得入内,女人负责到二秃子家,注意动向,有情况马上报告,再就是让人把大歪的小姨子照住,保证随叫随到。安排完了,所长才端起桌子上的黑瓷老碗,将一碗凉开水一饮而尽。然后从衣袋里摸烟,又摸防风打火机,点着烟,开始一个人在办公室的脚地里转圈圈。他的脑子里又开始放电影,一天来每一个人的谈话,现场每一个细节,一个又一个的问号,在他的脑海里旋转。他双手又开始拢他的头发,一遍又一遍,他的头越来越光,越来越亮。老百姓偷偷叫他王光腚所长,这叫法不雅,其实老百姓并无恶意。

太阳离大伾山顶还有一丈高的时候,小李开着摩托车回到了申村,后面紧跟着一辆草绿色的吉普车。吉普车前面的引擎盖子上扣一个碗口大小的蜗牛式报警器,哇哇地响着,闪着刺眼的红光。车后面跟着一条大黑狗,一条大白狗,五只黑底白花的小花狗,汪汪叫着。车停在摩托车后面,从副驾驶位置下来了主管刑侦工作的郭副局长。郭副局长警校毕业多年,主管刑侦工作,屡破大案,屡建奇功,从刑警队长升到副局长。郭副局长到了现场,老百姓都知道了案情重大。跟随郭副局长一起来的还有刑警队长石头,还有技术员史克。门口大街上又聚满了群众。有好事者议论,不是一个盗窃案吗?咋来这么多警察?该不是发强奸案了吧?一会儿工夫,街上就议论开了,说大歪的漂亮小姨子让二秃子强奸了,还说你没看见现场都封锁了,家也不让回了,人也控制起来了,肯定是让强奸了。

大队部办公室里,郭副局长主持召开了案情分析会议。王所长就把今天天不亮报案,到天亮后现场勘查、询问当事人、调查走访、讯问二秃子等情况详细做了汇报。“本来是一起简单的盗窃案,没想到二秃子交代了强奸案,不搬救兵不行了,请菩萨帮忙。”

郭副局长一边听汇报一边看笔录，一边在笔记本上做笔录。这是多年形成的一个习惯。汇报完了又让小李做了简单补充。最后，郭副局长说："你们辛苦了，从天不亮到现在做了大量的卓有成效的工作，侦破方向正确，案件初露端倪。看见所长的脑门又亮了不少，表示慰问。"所长说："不瞒局长，又有两根头发光荣下岗，心疼得我呀。"所长脸上做痛苦状。大家一齐笑。郭副局长说："还有就是小李做的笔录、现场勘查记录、走访记录很细致，特别是重点话、重点细节记得认真，为破案打下了良好基础，真不错。下一步工作，我想一是进一步由史克和小李复勘现场，特别是有关强奸案件的现场及相关物证，这是前边没做的工作。二是尽快与大歪小姨子再谈一次话，落实是否被强奸，现在只有二秃子一面之词，不可轻信。三是到二秃子家提取赃款，搜查全家，争取发现更多有价值线索。四是让村长给二秃子找一双鞋来，把脚上的鞋脱下来，测量、拍照、固定证据。五是天快黑了，抓紧工作，争取天黑以前离开这里，回到双井派出所再做更细致的工作。看大家还有什么要补充的没有？"这也是郭副局长的作风，他总是鼓励大家发言，集思广益，形成共识。小李受了局长的表扬，心里很舒服，就大着胆子说："我补充一点：二秃子交代了强奸和偷盗二百块的犯罪事实，可是还有一篮子鸡蛋和二斤红糖的事没有交代，刚才太忙我们也忘了问。"郭副局长立即指示把二秃子带到办公室讯问情况。二秃子被带到办公室，坚决不承认偷鸡蛋和红糖的事。他说："强奸我都交代了，我还在乎几个鸡蛋吗？可是我真的没偷鸡蛋。钱也是无意中碰到的，本来也没想偷。屋里很黑，又没有灯，我根本就没有看见鸡蛋在哪里。"郭副局长说："好了，就谈到这里，赶紧开始其他工作去吧。"

在大歪家，史克和小李又重新勘查了一遍现场，没有发现新的情况。在二秃子家，王所长、石队长果然在炕洞里取出了用手帕包着的二百元现金。在搜查中，又在门后面的碗柜中发现了被盗的一篮子鸡蛋和二斤红糖。郭副局长两边跑两边指挥，脑子里不断地进行着复杂的思考。这鸡蛋如果真的不是二秃子偷的，难道说是鸡蛋自己长了腿？难道是另有他人？难道是……？

在二秃子家的院子里，郭副局长又召集大家召开了第二次案情分析会，最后决定将二秃子、二秃子老婆镯子和大歪小姨子三人一起带回派出所做进一步调查，赃物暂扣。现场继续让村上派可靠人员把守，无关人员不得进入。摩托车和吉普车已经开过来了，停在了二秃子家门口。王所长开摩托车，车斗子里坐郭副局长，后边坐石队长。吉普车后座上挤了四个人，二秃子和老婆被安排坐在中间，大歪要去医院照顾老婆，也上了车，挨二秃子坐在外面，小姨子挨二秃子老婆坐在另一边外边。小李和史克坐在前边副驾驶座上。

太阳就要落下去了，大伾山出现了万道霞光，老百姓硬说那是佛光。摩托车在前，吉普车在后，"呜呜"地鸣叫着离开了申村，驶进了胡杨林，沿着害河向派出所驶去。大街两边站满了人。小孩子奔跑着，欢叫着，用力呼吸着汽车喷出的香气。大白狗、大黑狗带着五只小花狗也兴奋地随着孩子们向前奔跑，显得特别高兴似的。人们慢慢散去了，申村暂时恢复了往日的平静。

十二

双井派出所在双井镇大街的南侧，向南一条胡同的尽头向西一拐的院子里，坐西向东一溜五间平房，此时已是灯火通明。胡同里院子里栽满了一搂粗的梧桐树，梧桐树此时正在盛开着洁白的喇叭花。夜色沉沉，暗香袭来。派出所的房后就是东风渠,害河在离这里不远的地方流入东风渠,渠水清澈,水面变宽,水量增大,哗哗地由南向北流去。

大歪一天都没到医院去,老婆孩子交由护士陪护,他很不放心。经过郭副局长同意,他到医院去了,并要求快去快回。二秃子被铐在中间平房的花椅上,大歪小姨子被安排到最南边一间办公室,二秃子老婆被安排到最北边一间办公室。分别由所里的其他民警看守。王所长和小李负责与小姨子谈话,石队长、史克负责与二秃子老婆谈话。

晚上八点钟,谈话同时开始。小姨子哭哭啼啼,寻死觅活,她感到很丢人,很伤心。她又把昨晚上发生的事情复述了一遍。所长说:"那你昨天晚上和谁一起睡觉?"小姨子红了脸。说一个人睡觉,没有别人。问"可有人欺负你?"小姨子说:"姐夫欺负我。"一句话惊得所长目瞪口呆。"慢慢说,详细,咋回事?姐夫是如何欺负你的?"所长坐不住了,站了起来。"半夜,姐夫回来了,说是取钱,熬稀饭,煮鸡蛋。结果钱,鸡蛋都被偷了。他一遍又一遍问我,怀疑我,好像是我偷了他的东西。我是来给他们看门的,伺候我姐来了,他却怀疑我,急得我哭了一夜。这不是欺负我吗?"所长说;"不是这样欺负,是那样欺负。"最后没办法了,只好说"是有没有人强奸你?"一句话问得小姨子眼泪直流,脸红到了脖子根儿。小姨子坚决地直摇头,牙齿都快把下嘴唇咬破了。她说她还是一个黄花闺女,咋能让人强奸了。不可能的事。她很害羞,也很镇定。小姨子肯定没有被强奸。

可是二秃子为什么要承认强奸了大歪的小姨子呢?难道他见鬼了?难道他胡日鬼哩?胡说哩不成?一个又一个问号摆在大家面前。让人绞尽脑汁百思不得其解。这边没有情况,就加大那边的询问力度。石队长对二秃子婆姨说:"说吧,先谈谈你昨天天黑前后的活动情况。"

二秃子婆姨先是抵赖,怎么问都不说话,要么就胡说话。石队长说:"你肯定出去过,并不是一直在家。而且是你老汉先回去的,你回去时你老汉二秃子已经钻到被窝里睡了,对不对?而且鸡蛋也在你家柜子里找到了,你不说能行吧?现在不说一会儿你得说,今晚不说明天白天你得说,反正最后你得说清楚,不说肯定过不去。"石队长展开了强大的心理攻势,非常巧妙地运用了现有掌握的证据材料,旁敲侧击,攻其要害,使她逐步放弃了抵赖过关的幻想。

经过两个小时的强攻,石队长发现起到了初步的效果,堡垒开始动摇,心理防线正在坍塌,只要再推一把。于是就站起来走到二秃子婆姨跟前,眼睛盯着她,拍着她的肩膀:"老佛爷那里我们已经去过了。说吧,早说早轻松,早说早了事,你不难为我,我也不难为你,咱们无冤无仇,你只要好好说,我还可以帮助你,你放心。"

二秃子婆姨哭开了,眼泪哗哗地流开了,直哭得梧桐树上起了风,直哭得夜空里头满天星。她哭她的辛酸,她哭她的苦命。

十三

二秃子的媳妇叫镯子,娘家在申村西边,在害河对岸的王村,离申村五里路。镯子的父母都是老实巴交的农民,以种地为生,土里刨食。镯子有一个哥哥,三个弟弟。一家七口人挤在三间破瓦房里,家徒四壁。眼看着老大快三十岁了,也没个媒婆上门,三个弟弟也茂腾腾的长了起来。两个老人急得要死,整天愁眉不展。

这天上午,镯子爹坐在屋门口晒太阳,从腰间抽出玉石嘴儿的黄铜烟袋锅,伸进黑色小布袋里装满烟丝儿,用左手拇指压一压,又从黑棉袄的口袋里摸出火柴,划了两下,将烟袋锅点着。

顿时，一股烧焦了的红薯叶芝麻叶的味道飘了出来。这玉石嘴儿的黄铜烟袋锅，是镯子的爷爷传下来的，当年日本鬼子占领了申村，申村人全都拖儿带女地向薛庄方向跑了。只有镯子的爷爷没有跑。日本太君骑在高头大马上，对着坐在街边的镯子爷爷哇哇地叫。镯子爷爷头也不抬，一口一口地抽旱烟，眼睛盯着脸盆般大小的马蹄子。汉奸翻译官屁颠屁颠地跑向前来，一把夺过烟袋锅，毕恭毕敬地双手递给太君。太君只吸了半口，气就闭住了。只见这狗太君在马背上，身体一挺一挺的，翻着白眼，烟袋锅丢了，指挥刀也丢了。不一会儿，一个马趴，从马上跌下，不偏不倚，一头栽在一泡稀牛屎里。那牛刚刚随着主人逃出申村，牛屎尚热。镯子的爷爷遭了一顿毒打，断了五根肋骨。

　　镯子爹抽着烟，想着愁事。日本人都跑了几十年了，这光景咋还这么难过呢？这时，一个人从害河上的过水桥上走了过来。媒婆？镯子爹心想，这个臭媒婆，不知又去谁家摇舌。她从来都不进我的家门，有时在路上碰见，她都装作不认识。

　　"呦，他大哥，抽烟呢，连个让话都没有。"镯子爹慌忙站起来，把玉石烟嘴夹在腋下，来回捋几下，双手递过去，脸上挤满了笑。媒婆接过，叼在嘴上。"哎，他大哥，你看你这家破得，就剩一个玉石烟袋锅了，要啥没啥。一群光头小子，谁家女儿跟你们啊。深圳都开放了，也不出去打工。也是，一个一个没有文化，斗大的字不识一个，打工也是不行，愁死人了。"镯子爹一脸苦相。"我看这样吧。"媒婆把嘴凑到镯子爹的耳朵上。

　　镯子爹只有点头的份儿，半句话都插不上。最后，镯子爹说："还是他婶你好啊，赶明儿个，事成了我让老大去看你，好好谢谢你老。""那是少不了的。好了，你跟镯子他们商量吧，我走了，还有几家等着我呢。"媒婆挪动一双小时候缠过又放开了的半残大脚,走出了家门。镯子隔着窗户看着媒婆从害河上的过水桥上走过,向西去了马村。镯子心中充满了怨恨。但她是一个没有文化的弱女子,胳膊扭不过大腿,寻死觅活的闹腾了几天,认命了。

十四

哭罢,把鼻涕一擤,往裤腿上一抹,长叹一声。"大歪不是人,我要告大歪强奸。"郭副局长闻听此言,在黑暗中破门而入。"你慢慢说,别着急。你说大歪不是人,咋回事?""他强奸我,下手太狠,血都流出来了,他不是人,他是个孬种,不得好死。""那你慢慢说。""昨天天黑了,我在院子里看见大歪提着篮子回来了,不大一会儿又拉着婆姨走了,看样子是要去医院生娃了。他们刚走,大歪的小姨子急急地往厕所跑。二秃子几天不回来,家里一点吃的也没有。我想大歪提回来的肯定是好吃的东西,因为他老婆要生了,不是好吃的还能是什么? 我一边想着,一边就跳过墙去,推门进到屋里,屋里很黑,我正在找那篮子放在那里,没想到大歪推门回来了。可把我吓死了,这下让人逮住了。可是大歪上来就把我的嘴捂住,又把我的腰搂住,一用力就把我放到炕上。我是不是说得有点快,你能记下吧?"搞记录的史克说:"没事,你说吧。""那我接着说。"大歪把我压到炕上,卡我的脖子,脱我的裤子,我一动也不敢动,就这样他这个畜生,他糟蹋了我。说着又哭开了。哭了一会儿,石队长说:"接着说吧。""完事儿,大歪提起裤子推门走了,我就想不通,不管我了? 走了? 正好。我起来提起裤子下到脚地上,恍惚中看见那篮子放在锅台上,我也没有多想,提了篮子就回了家。回家看见那几天不见的死鬼回来了,已经睡了。我就悄悄地把篮子放到柜子里,我也上炕睡了。"昨天穿的是这条裤子吗? 不是,那条裤子弄脏了,还有血,穿不成了,放炕上最里头了,靠墙。""说完了?""完了。我说的全是真话,我偷他那几个鸡蛋,他就强奸我,你们要为我做主啊。"

郭副局长又叫来一名民警和史克一起看着二秃子婆姨,因为所里没有女民警,只好两个男民警一起看着。郭副局长和石队长叫来王所长来到院子里。夜已经很深了,有几声鸡鸣,有几声狗吠。鸡鸣狗吠,把个黑夜拉扯得更加深沉更加黑暗。他们各点一支烟吸上,黑夜里,猩红的光像瞪大了的夜的眼睛。他们小声交谈着。有可能吗?王所长说断无可能,这是大水冲了龙王庙。不管怎样,工作要搞细。赶快派人去医院把大歪叫来,顺便在医院向护士了解情况,看大歪当时有没有回去过,特别是有没时间回去。再派史克和小李赶快去二秃子家提取物证,不可有失。不大一会儿,把大歪叫来了,大歪说:"老婆疼得不行,说快要死了,我一路小跑还嫌慢。到医院就办住院手续,还没办完,老婆就把小孩屙到裤子里了。我哪有时间回去?我回去干什么?我谁说我回去了?回去取东西都半夜两点了,医院的人都可作证。"

十五

东方鱼肚白的时候,大伾寺的钟声伴着清新的晨雾悠扬地飘荡开来。此时,最后一件物证提了回来。案件真相大白。

2014 年 7 月 15 日夏天

中国人讲究天人合一，常把人与自然界相对应，相对照。认为人是自然界的一部分，人必须尊重自然，顺应自然，按照自然规律办事。天有日月星，地有水火风，人有精气神。年分春夏秋冬，人有少青中老。人就像一棵树，有年轮，年轮里有春夏秋冬。

少年的我如初升的太阳，红彤彤的跃出了东方的地平线。树木发芽了，青草发芽了，平原上一望无垠的麦苗发芽了，绿茵大地，生机勃勃；少年的我奔跑在春天里。青年的我如上午的太阳，在东南方，沿着抛物线不断爬升。百花盛开，蜂蝶翩跹，麦熟杏黄，炽热的大地进入了夏收的季节。青春的我只知道向上，只知道向前，喉结突了出来，胡须长了出来，声音变得低沉起来，踌躇满志的我心中长满了梦的眼睛。五十岁的我如正午的太阳，骄阳似火。那是青春的尾巴，那是收获的季节，果实挂满了枝头。没有少年的轻狂，不似青年的浮躁，心平气静，无喜无悲，心锤沉甸甸的有了定力。手搭凉棚向远处望去，中年的山已在眼前。

五十岁的我开始回忆。回忆少年,回忆青年,回忆流逝了的激情燃烧的岁月。少年时期根本就不知道世上还有个自己,青年时期一路狂奔地丢失了自己,急匆匆地来到了五十岁高地,心里竟还没有一点准备。今天,坐在暖暖的冬里,开始拣拾跑丢了的自己。耳边已感到阵阵的秋风。四十岁开始感觉胃部不适,不想吃饭,有时泛酸,有时隐隐作痛,查查吧,浅表性胃炎。胃炎不算病,人人都有。在办公室爬格子十多年,脖子不舒服,头疼,查查吧,颈椎增生。四十五岁不到,眼花,配了花镜,接着又觉得膝关节疼,脚后跟疼。脚后跟疼还是病吗?查查,还真是病。上午,在宝塔区政府会议室开会,处理群众上访事件,在极短的时间内,眼睛发花,视线模糊,接着眼睛一黑,头一低,说一声我不行了,生命像一盏油灯,在风中熄了,有一丝黑色的油烟升起。就这样结束了吗?心犹不甘,昏过去了。醒来是在医院,结论是一过性昏迷,原因不详。

甲午年正月天,进入五十岁,一天晚上,准备到书房看会儿书,突然视线模糊,天旋地转,恶心想吐。心生恐惧,这下完蛋了也没人知道,跌跌撞撞到了客厅,一头扑在沙发上,让老婆赶快拨打一二〇。半天,一二〇来了,测血压,听心跳,翻眼皮,问情况,一切正常,没发现异常。可我感到眼睛难受,天旋地转。不放心,又到市医院检查,路上只嫌慢,检查,还是正常。医生说闭上眼睛,放松心情,果然慢慢好了。清明节,去安康旅游。西安安康之间,隧道一个连着一个,仅一个秦岭终南山隧道就有十八公里还有二十米。离安康还有五六十公里的时候,我感觉好像发生了地震一样,眼前一晃,路面好像发生了折断和扭曲。我意识到情况不好,赶快打右转向灯,把车停在安全地带。我坐在车后面,眼睛不敢睁,眩晕,眼跳。晚上,同学在汉江边上的一家可以望到江景的酒店门口等我们。饭桌上，我睁不开眼睛，一点儿光亮都不能看，实在坚持不了，就让他们把我先送回了酒店。有了上一次的经历，知道应该不会有生命危险，心里就盘算是哪里出了问题？最后考虑到眼睛，肯定是眼睛出了问题。老婆拿了一块儿热毛巾敷在眼睛上，果然轻松了许多。又在网上一查，果然是视神经疲劳的症状。过了几天，又到省人民医院检查，结论是视神经疲劳。一月前到医院体检，疾病诊断是高血压病。阳性发现是胆囊壁毛糙，胆囊息肉样病变伴表面钙化灶，脂肪肝，胆囊肿，前列腺大考虑增生，浅表性胃炎，双侧颈总动脉内中膜欠光滑，颈五六左侧椎小关节增生，右侧上颌窦小囊肿，低密度脂蛋白偏高，总胆固醇偏高，乙肝核心抗体定量阳性，甘油三脂偏高。看了这个报告你也许不以为然，可作为当事人已经明显地感到了不舒服。吃药已经成为家常便饭。目前吃的用的药主要有：七叶洋地黄双苷滴眼液，甲钴胺胶囊，健脾丸，颈复康颗粒，枫蓼肠胃康分散片，阿司匹林肠溶片，泮托拉唑钠肠溶胶囊，银杏蜜环口服溶液，钙片，欧米加威特海豹油胶囊，麝香壮骨膏共计十一种之多，高血压病正在调理，硬撑着，还没有吃药，头疼感冒，跑肚拉稀吃的药还不在统计之内。更糟糕的是，自己的同龄人，今天趴下一个，明天倒下一个，令人扼腕叹息。

在山高人为峰的抛物线顶端，放眼望去，满眼的景致，可你的耳边已经有了呼呼的秋风。

在这本书里多了一些回忆，多了一些对生活和人生的思考和总结，也记录了工作中的点点滴滴，这种情绪像风，像秋天里的风一样在字里行间飘荡，有春的朝阳，有夏的热浪，有秋的成熟，也有秋风秋凉的隐忧。这就是我，一个五十岁的尴尬的男人。五十岁开始回眸和俯视，那是因为有了一定的阅历和高度，回眸和俯视的结果是把自己放低从而更好地仰视和前瞻。

　　本书的出版发行，得到了延安和安塞许多老师和朋友的帮助。高建群老师在百忙中为此书题写书名，在此一并表示衷心感谢。疏漏之处还望方家批评指正。代后记。

2015 年 11 月 1 日